LETTRES ALLEMANDES
série dirigée par Martina Wachendorff

D1324232

IMMERSION

DU MÊME AUTEUR

L'ANNÉE DE L'AMOUR, Actes Sud, 1986 ; coll. "Babel", 1989.
STOLZ, Actes Sud, 1987.
DANS LE VENTRE DE LA BALEINE, 1990.

Titre original :
Untertauchen, Protokoll einer Reise
© Suhrkamp Verlag, Frankfurt am Main, 1972

© ACTES SUD, 1991
pour la traduction française
ISBN 2-86869-670-8

PAUL NIZON

Immersion

PROCÈS-VERBAL
D'UN VOYAGE AUX ENFERS

récit traduit de l'allemand par Jean-Louis de Rambures

Le traducteur est heureux d'exprimer sa gratitude à Hermann Bäumer qui l'a aidé de ses conseils.

Je me vois debout dans la salle de séjour d'un appartement quatre-pièces. A Zurich. Un homme d'une trentaine d'années qui prend congé de sa femme.

Et je me vois debout sur le quai de la gare à Barcelone à côté de l'express international. Un homme d'une trentaine d'années qui prend congé d'une autre femme –

La toiture plane ou ondulée au-dessus des voies. La résonance caractéristique. Et les odeurs : de chaleur alliée à la ferraille, à la rouille, au matériel ferroviaire surchauffé ; sans compter la vapeur, la poussière et la fumée de la cigarette noire.

Elle lui tend un pain, un pain coupé en longueur avec des tomates entre les deux tranches. Elle retire son foulard et le tend vers lui. Il le presse contre son visage et respire la senteur tandis que la voix du haut-parleur retentit à travers le hall (et semble créer un corridor imaginaire).

Il se juche sur le marchepied, voit jaillir les pleurs de son visage. Les larmes délavent les grands yeux et ruissellent le long des joues. A nouveau, la voix du haut-parleur. Le train s'ébranle d'une secousse et les larmes, le pain et le foulard sont autant de promesses. Il est soulagé que le train parte. A travers la vitre il voit sa silhouette, tête nue et tout esseulée sur le quai. Elle est toujours là, elle a maintenant disparu. Il s'attarde dans le couloir du train en marche, l'esprit encore vide de toute pensée.

Je me vois debout dans la salle de séjour de notre appartement quatre-pièces. J'ai une enveloppe jaune dans la main, elle n'est pas collée. Il faudra que j'écrive ma conclusion dans le train et que je poste l'article à la frontière. Un homme dans un état de nervosité, qui s'assure à la hâte de n'avoir rien oublié : passeport ? portefeuille ? billet de chemin de fer ?

La pièce est claire et paraît plus spacieuse qu'en réalité grâce à la sobriété de l'ameublement. La table de salle à manger ovale, mastoc, Louis-Philippe, un héritage – les sièges qui ne vont pas avec ; la haute étagère destinée aux livres, coupant la pièce en deux, derrière celle-ci, le canapé avec son couvre-lit africain. Table en verre et

fauteuils. Le papier peint, clair, d'une couleur crémeuse. Et toujours pas de rideaux.
Mais beaucoup de paysage derrière les
larges baies vitrées.

Quatre-pièces, cuisine, salle de bains. La
cuisine garnie d'éléments standard incorpo-
rés et d'un frigidaire. La chambre à coucher
et celle des enfants encore à l'état provisoire, le corridor nu. Une entreprise matri-
moniale en cours de fragile stabilisation. Les
enfants vont déjà à l'école.

J'étais censé me rendre à Barcelone pour le compte du journal. Après la scène d'adieux précipitée, je me colletai dans le train avec la conclusion de mon article que j'expédiai à Genève.

A partir de Genève, somnolence, premier coup d'œil ensommeillé sur le paysage français. Un homme au maigre bagage mais muni d'un porte-documents. Vers Port-Bou, pour la première fois, sensation d'être en voyage. A la douane, les uniformes des douaniers français, puis espagnols – costumes de cirque à mes yeux. Un nouveau bain d'odeurs. Le claquement du timbre sur le tampon et l'implant précis d'un nouveau timbre dans le passeport. Puis en avant, avec la petite troupe des voyageurs, en direction des wagons espagnols. Sur le quai on peut acheter du café. Des voyageurs allemands se plaignent – le café n'est pas comme en Allemagne. Il se grise de ce café noir comme du jais, amer, hypersucré.

Dans le compartiment désuet qui fait penser à un carrosse, la frontière une fois franchie, excitation croissante. De cette confortable chambre ambulante, du fond de son siège en bois au velours gris élimé, il voit par la fenêtre

des collines en plein soulèvement, un *vert enharnaché*, un paysage en état d'insurrection. Peu avant Barcelone, les collines prennent des tons de cendres ou de braises tout juste refroidies. Tandis que le train se rapproche du terminus, quelque part dans les faubourgs il aperçoit une

rue figée dans son masque rébarbatif. Rue attachée à une vieille guimbarde en stationnement, chevillée aux boîtes à ordures. Ces boîtes l'émeuvent. Il s'allie à un chien abandonné. Tout est immuable, et silencieux. Un silence que transpercent les grilles de fer noir, les réverbères, les candélabres. Ceux-ci empalent les rues et les places. Ils les empalent et les embrochent contre le sol au rude pavé.

Le silence exacerbé le prend à la gorge. Tous ses sens en alerte, il descend du train.

Je pris un taxi et me fis conduire à la pension afin d'y déposer mes bagages. Durant le trajet, j'écarquillai si fort les yeux que le désir, l'impatience m'empêchaient de voir. Il y avait en moi un sentiment obscur d'angoisse – celle d'une *révélation*. En même temps je savais que j'avais déjà été ici. Que je revenais chez moi. Et pourtant je n'avais jamais mis les pieds en Espagne.

Les odeurs qui m'arrivaient – à présent, à l'heure de la sieste –, provenant des maisons repliées sur elles-mêmes, m'apportaient des souvenirs familiers. C'étaient des odeurs de pierres en sueur, de cuisine, de salade en putréfaction dans les poubelles, de poisson et de graillon ; également des odeurs domestiques échappées des entrailles des appartements qui se cachent derrière leurs stores baissés, odeurs des armoires, des vêtements enfouis dans la naphtaline au fond de ces armoires, de la poussière qui s'élève en tourbillonnant des vieux fauteuils de famille, odeurs des sacs à main de vieilles femmes, odeurs d'images pieuses. Et il y avait celles de la rue, des cafés, derrière leurs portes ouvertes ou leurs rideaux de perles, effluves de bonbons acidulés, exhalés par les clients du bistrot, odeurs de cigarettes ; senteurs de pommades venues des échoppes de barbier ; odeurs également de l'encre d'imprimerie, du cuir et de la pisse de chien, de la politique et du négoce. Ces odeurs me parvenaient par les fenêtres ouvertes du taxi, elles me sautaient au visage, comme cette bouffée d'air familier que l'on retrouve en rentrant à la maison.

Je voulus aussitôt ressortir et fis signe au taxi d'attendre tandis que j'entrais dans l'immeuble et me faisais montrer par la vieille dame vêtue de noir la chambre, la salle de bains et les toilettes. Toutes les pièces étaient hautes de plafond et ténébreuses en raison des volets clos, elles donnaient une impression de noirceur qui tranchait avec la blanche touffeur que je venais de quitter à l'extérieur.

Une fois ressorti, je m'aperçus que je ne savais où aller. En plus je ne parlais pas l'espagnol. Je m'efforçai donc d'expliquer au chauffeur dans un galimatias de français et d'italien que je souhaitais qu'il me conduise vers un bar. Tandis que je parlais, il ne cessait de suçoter sa moustache, puis il acquiesça, se cala derrière le volant et mit le moteur en marche.

Je me laissai bercer par les trépidations, le ferraillement et les pétarades intermittentes, dues aux ratés du moteur, lorsque la voiture s'arrêta, j'écoutai attentivement bien que sans comprendre les palabres du chauffeur. Je m'aperçus que j'aimais beaucoup cette langue.

C'était une boîte de nuit si j'en jugeais par les photos étalées devant l'entrée et surtout par les inscriptions au néon pour lors éteintes – les corpuscules vitreux des lettres collées sur la pierre semblaient nus dans leur pâleur. Elles épelaient :

LA BUENA SOMBRA

Il faut commencer par s'accoutumer à la pénombre avant de discerner le bar proprement dit : le comptoir astiqué avec sa rambarde de cuivre jaune (comme sur un navire), derrière celui-ci, les rangées de bouteilles étincelantes, les étiquettes fulgurantes et les liquides colorés à l'intérieur des bouteilles, le miroir, les affiches publicitaires, les écriteaux. Et ne pas oublier le barman qui, pour l'instant, avant de prendre son travail, a l'air d'une fraîcheur si intimidante, semble véritablement régner derrière son garde-fou – tel un chef d'entreprise.

Je me vois en train d'entrer en hésitant, un touriste qui s'est fourvoyé dans le mauvais bar. Ou un individu à qui l'on a donné rendez-vous en un lieu incongru d'une ville inconnue. Tout paraît significatif, plein de sous-entendus.

Il se hisse sur le tabouret, s'assied de biais pour commencer, à demi tourné vers la salle, près du comptoir. Dans la pénombre, tous ces sièges et ces tables inoccupés semblent bâiller d'ennui – comme une salle vide de cinéma, le matin, lorsqu'on y fait le ménage et que le passant jette un bref coup d'œil par l'entrée de service, un badaud qui dé-couvre soudain l'envers du décor.

Obligation de fixer la paroi, de tourner le dos à la salle, et puis, l'image de tous les hommes penchés sur le comptoir à l'heure de pointe – comme du bétail à la mangeoire, à l'abreuvoir ; horizon limité aux bouteilles, à la barmaid.

Il joue avec le verre, éponge quelques gouttes de buée, fait tinter les glaçons. Le barman, à l'extrémité du bar, est plongé dans ses coupons, occupé à les compter, à les détacher.

Il voit, plus exactement, il devine à présent que quelqu'un prend place à côté de son tabouret. Chevelure blonde, "décolorée", songe-t-il automatiquement, car le teint et les yeux ne cadrent pas. Et "plantureuse" (songe-t-il). Elle parle français apparemment. Elle est ici employée comme chanteuse, dit-elle. Tandis qu'ils boivent, il entend soudain la rue jusqu'alors inaudible. Clapotements, marmonnements, grommellements recouverts par des coups de klaxon isolés. Bruits du soir. Et il s'aperçoit soudain qu'il y a une autre présence dans la salle.

J'ai certainement dû éprouver un choc. La découverte, dans cette salle désespérément vide il y a un instant, d'une personne assise seule à une table, le sac à main posé sur celle-ci, un verre devant elle. Le visage tourné de côté. J'eus un sentiment d'épouvante, comme si cela s'était produit dans un caveau obscur, une forêt.

Vu la distance où je me trouvais, je ne distinguais que des contours, non : des "valeurs". Mais aussitôt je me mis à deviner le visage – à partir du profil caché. *Sombre, sérieux*, imaginais-je. *Juvénile, petit nez, duveteux*, imaginais-je encore. *Une jeune fille, une jeune fille à l'allure de dame, perdue dans ses pensées, butée.*

Lorsque la chanteuse blonde, après s'être excusée, fut descendue de son siège, je me dirigeai sans hésiter vers l'inconnue à travers la salle ténébreuse. C'est seulement en arrivant à sa table que je compris que durant tout ce temps que j'avais passé au comptoir, j'avais été la proie d'une vraie panique – de peur de la manquer. Le souffle coupé par le soulagement, je me tenais devant elle.

Les musiciens devaient être arrivés entretemps car l'orchestre s'était mis à jouer. Je l'invitai à danser.

Nous dansâmes sans parler et je contemplais fasciné ces traits, ces yeux marron étincelants, le pli légèrement boudeur autour de la bouche, je devinais que sous cette peau, le sang pouvait à tout moment "monter à la tête". Je voyais ce qu'il y avait d'enfantin en elle et pressentais qu'un feu couvait sous la cendre, je devinais qu'elle était prédisposée à l'enjouement le plus déchaîné et je sentais qu'un souci passager l'emprisonnait. Je flairais une douceur dans son corps et y décelais la souplesse ainsi qu'une certaine paresse. Et à mon étonnement, non : à ma stupéfaction, je me rendis soudain compte que tout me plaisait chez cette femme.

Je dévorais le visage, je pénétrais tout en dansant à l'intérieur de ce visage, je devais sûrement me comporter comme un fou, un hypnotiseur ; et en même temps comme un médecin occupé à établir très soigneusement son diagnostic. Je me mis aussitôt à embrasser ce visage avec violence, infatigablement. Dans une sorte de fureur muette, je prenais possession de cette fille.

J'ignorais encore que ce soir-là c'était la première fois qu'Antonita entrait à LA BUENA SOMBRA.

Puis nous fûmes assis à notre table, accaparés silencieusement l'un par l'autre. Tour à tour attablés ou occupés à danser, nous restâmes ensemble jusque vers neuf ou dix heures – la boîte fermait alors pour deux heures. Nous sortîmes alors tous les deux, côte à côte.

Je me vois descendant les *ramblas* en flânant, Antonita à mes côtés, un étranger à peine descendu du train, avec une fille dont il vient de faire connaissance. Il a l'impression d'être un intrus dans un cortège : d'être à l'étal.

Ils marchent sous la haute voûte feuillue des arbres du boulevard, emportés par la marée humaine du soir. Sur l'île de pierre au-dessous des arbres, des vieux sont assis sur des chaises, des bancs de bois. Ils ourlent le corso. Et le buisson ardent du marchand de fleurs et le kiosque à journaux qui s'épanouit, flamboie de toutes ses gazettes sous les frondaisons aux oiseaux gazouillants. Autour de l'île du boulevard, la circulation déferle en mugissant et l'on se croirait en même temps sur une place villageoise (sous la ramure). Les vieux sur leurs bancs, les cireurs de chaussures agenouillés avec leur boîte en bandoulière, en plein travail, les litanies mystérieuses du marchand de billets de loterie. Le sombre ressac de la marée humaine. Et l'air – air marin.

Dans les profondeurs, une rumeur d'émeute, un tourbillon, roulement de tambours, accompagnement sonore.

Je me vois arpentant ce *corridor*. Un homme, une fille, main dans la main.

Il la voit marchant à grands pas, voit sa jupe qui se balance (à chaque foulée), ses grandes enjambées, alors qu'il a lui-même l'impression de se déplacer au ralenti, la tête tournée, bizarrement désarticulée. Ils descendent les *ramblas* jusqu'à leur extrême limite. Halte-là ! La mer. Il voit les rames de tramway, telles des roulottes de cirque costumées de leurs réclames publicitaires, réclames aux couleurs férocement criardes, lactescentes. Il voit des palais aux tons d'adieux. Des escaliers qui descendent sur un rythme funèbre. La colonne de Christophe Colomb. Par ici le chemin du Nouveau

Monde. Mais il n'éprouve aucune envie. Il est arrivé. Revenu ?

Cette soirée et les suivantes, je ne quittais guère la boîte de nuit. Je faisais mon entrée en fin d'après-midi, à l'heure de l'ouverture, et restais avec Antonita jusqu'à la fermeture provisoire du bar. Nous allions alors manger. Et ensuite, je m'éternisais, nuit après nuit, dans la fumée et le vacarme de la salle comble jusqu'au matin. Antonita était liée par contrat à LA BUENA SOMBRA. C'était son lieu de travail.

Je fus bientôt au courant des moindres détails du programme d'attractions. Celles-ci m'attendrissaient et m'écœuraient tout à la fois.

La chanteuse dont j'avais fait connaissance lors de ma première visite faisait habituellement plusieurs tours de chant par soirée. Elle semblait un peu exaltée, encombrante à la lueur des projecteurs et dans les flots de sa chevelure de fausse blonde. Dans le drapé de sa robe du soir elle s'achevait par le bas en poisson ; en haut, c'était une femme plantureuse et qui se trémoussait en cadence au bout de la courte laisse du câble de son microphone. Il y avait dans son répertoire une chanson qui commençait à la manière d'un air enfantin. Cette chansonnette, montant de ce corps de sirène, si ténue, timide – et triste ! – que le silence se faisait chaque fois dans la salle, débutait comme une comptine, comme un acte d'oblation doucement fredonné. Et elle débouchait sur une question ouverte. La voix d'une petite fille (à l'intérieur de la chanteuse) hésitait chaque fois tandis qu'elle exhalait sa question. Après ce prélude tout finissait par une chanson d'abord coquette puis débordante de sentimentalité. Curieusement je ne me lassais pas d'écouter cette chanson, bien au contraire. Elle se chargeait sans cesse de significations nouvelles à mes oreilles. Elle était mienne. Elle était désormais mon complice, mon témoin. Grâce à cette mélodie, je le savais, tout me resterait en mémoire.

Les soirées et les longues nuits que je passais à boire en compagnie d'Antonita étaient moroses. Je tenais bon, envers et contre tous. Je redoutais de quitter son voisinage, mon état réclamait sa présence. Craignais-je de perdre cet état ?

Au cours de mes veillées nocturnes, je retombais toujours par intermittence dans une torturante solitude. Je louchais mornement vers le profil boudeur de fillette occupée à suçoter sa paille. Je guettais, soupçonneux, son regard, tandis qu'elle suivait attentive et avertie les attractions des girls. Je tenais registre de ce genre d'infidélités. Je constatais, masochiste, l'inutilité de ma présence. Puis je me renfrognais.

Et j'étais méfiant comme un sourd. Sous chacun des propos qu'elle échangeait avec les serveurs ou ses consœurs, je subodorais la trahison.

De temps à autre, Antonita devait se retirer afin de préparer son numéro. Elle réapparaissait ensuite sur le plateau au milieu de la ribambelle de girls toutes court-juponnées, bottées, galonnées et dotées de divers autres attributs militaires – d'un *escuadron del amor,* comme disait leur chanson. Je contemplais la scène avec un mélange de suffisance, de pudeur et la fierté d'un propriétaire, je la contemplais elle surtout, ses jambes exhibées par leur déguisement. Je m'assurais qu'elle me plaisait. Ces numéros étaient les seules interruptions de notre tête-à-tête : les seuls instants de répit où je pouvais prendre du recul, tandis que redevenu un client ordinaire, assis seul à ma table, je retrouvais l'usage de ma personne ou tout simplement le droit de me pencher un peu en arrière.

Et c'est alors que l'enchaînement fatal de ma conduite me remontait parfois à la gorge. Mon comportement était celui d'un homme à tout jamais égaré. Je n'avais pas seulement délaissé mon travail, je l'avais complètement perdu de vue. Mon identité, le but de mon voyage, je les avais oubliés. Ma faction à LA BUENA SOMBRA avait fini par devenir un but en soi. L'épouvante s'emparait de moi.

Mais il y avait aussi des moments de précieuse complicité – ainsi, lorsque Antonita m'exhortait à boire moins et moins vite, sur-tout à choisir des boissons moins coûteuses. Car elle aurait dû en fait me pousser à con-sommer le plus d'alcool, à dépenser le plus d'argent possible. Ce désistement bénévole, non : le fait qu'elle fit spontanément passer mon intérêt avant le sien m'émouvait comme un présent.

La plus grande partie de mon temps, je l'occupais désormais à me morfondre aux côtés de l'objet vivant et de la garante de mon singulier état. Et, en outre, j'attendais naturel-lement l'heure de la fermeture afin de pou-voir être enfin tous les deux seuls. A l'hôtel.

Deux lieux constituaient les pôles im-muables de mon séjour à Barcelone : la chambre d'hôtel et le restaurant.

La chambre d'hôtel
est entièrement rouge. Le papier peint rouge, le couvre-lit en soie rouge (luisance repue du bois, une touche de cuivre jaune astiqué). Rouge à en étouffer, rouge à nous recroqueviller l'un contre l'autre.

Ce pourrait être le boudoir d'une maison très distinguée dans laquelle naguère, petit garçon en visite, on s'est fourvoyé. Le salon profané. Les propriétaires sont à la recherche des enfants. On les entend fouiller métho-diquement les pièces l'une après l'autre,

ouvrir les portes à tour de rôle. Peine perdue, ils sont, pour l'instant, incrédules, éton-
nés. Perquisition domiciliaire. Ils sont à la
recherche des enfants. De l'infante et du
petit visiteur. L'infante se nomme Inès. Elle
a une peau très blanche avec d'infimes
tavelures autour du nez qui font paraître la
peau encore plus blanche.

La chambre d'hôtel est rouge. C'est de ce
rouge que sont garnis les très anciens ciné-
mas – les cinématographes comme on
disait –, ce sont les mêmes loupiotes qui cli-
gnotent de chaque côté. L'accès, dans les
deux cas, exige que l'on passe auprès d'un
inspecteur en uniforme. Le rouge propre à
ce genre de lieux rend fiévreux. Et également anxieux.

Lorsque nous arrivions à l'hôtel, Antonita
et moi, les premières lueurs de l'aube
menaçaient. Mais il est vrai que les rideaux
sont tirés. Ces rideaux rouges et gonflés
bannissent le jour.

Les enfants ont le visage en feu lorsqu'ils
s'affalent au fond de la peluche rouge des
sièges, de la housse râpeuse, mordante,
lépreuse, après être passés devant le portier de cinéma et l'ouvreuse. La lumière est
encore à peine voilée. On risque toujours
d'être surpris. Mais la peur s'amenuise à
mesure que se dissipent les derniers ves-
tiges de clarté, c'est un autre trouble qui
croît à présent. Dans l'obscurité les sièges,
l'espace rouge, cette chair intime de la salle

ne font plus qu'un. Bientôt les ténèbres s'épaissiront, les enfants seront dans le noir et alors – la chair nous dévorera.

Arrivés à l'hôtel, nous nous dévêtions à la hâte et en silence, chacun pour soi. Puis nous nous aimions avec violence et toujours pressés par le temps (comme pour une scène d'adieux) car Antonita vivait chez sa mère et il lui fallait être rentrée au point du jour. Nous quittions l'hôtel en taxi à l'heure où dans les rues, la circulation matinale commençait. Nous prenions congé devant ma pension.

Le restaurant
restait toujours égal à lui-même. Sans nous donner le mot, nous nous dirigions vers celui-ci chaque soir à la fermeture provisoire de LA BUENA SOMBRA, entre neuf et onze heures.

C'était une gargote qui se dissimulait au fond du dédale des rues, un lieu pour initiés. Il y avait là de modestes tables en bois, juchées sur des pieds de fer, et des sièges aux belles formes élancées. Pas d'autre ornement. La brune tonalité des parois lambrissées. Et on y mangeait des plats simples, rien de touristique. Mais à peine assis, on vous apportait du vin dans un carafon. L'endroit sentait le vin ainsi que la pierre de la venelle dans l'arôme de laquelle flottaient à leur tour les effluves aigrelets du vin répandu.

Et c'était toujours le même serveur qui s'occupait de nous, un homme d'environ vingt-cinq ans qui ressemblait plus à un étudiant qu'à un serveur.

Je me vois assis à l'une des tables. Un homme à la physionomie un peu renfrognée, voire ombrageuse, on voit aussitôt qu'il est étranger – ou que le lieu lui est étranger. Il fume entre chaque bouchée ou gorgée, s'adresse de temps à autre à la fille en face de lui, et chaque fois c'est un peu comme s'il venait à l'instant de découvrir sa présence. Un homme absorbé dans ses pensées et qui paraît soulagé lorsqu'une diversion, fût-ce la simple apparition du serveur apportant ou débarrassant les plats, l'arrache à ses préoccupations.

Autour de lui il y a une majorité d'hommes assis derrière leurs journaux grands ouverts. Pour lui, simples signes typographiques, taches d'encre d'imprimerie, ma foi, il ne sait pas la langue.

Le plus souvent les deux sont assis face à face et se taisent. Un couple au restaurant. Les deux bustes émergeant du plateau de la table. Gracieux et très droit, celui de la fille, légèrement voûté, le sien dans sa veste ouverte. Il voit ses mains à elle sur la table, ces êtres vivants que l'on croirait dotés d'une existence propre avec leurs doigts qui tantôt reposent, alignés au cordeau, tantôt se baladent, se haussent, picorent. Il prend l'une de ces mains et goûte, en la pressant, la souplesse, la flexibilité et la pression de celle-ci. Les yeux, par moments, s'éblouissent mutuellement comme des phares. Puis se mettent en code.

Lorsqu'il l'aide à passer son manteau, au moment du départ, il est pris d'une légère panique en constatant combien leur intimité est naturelle. Le geste est un peu celui d'un propriétaire qui marquerait son territoire. Le nez enregistre son parfum familier, celui du manteau et de la peau. Le serveur les salue du fond de la salle.

Je n'avais quasiment rien vu de la ville. Je connaissais les *ramblas*, ce bruyant corridor urbain avec la verte chevelure de ses rangées d'arbres, au-dessus des têtes des promeneurs, également les alentours de ma pension. Essentiellement, fondamentalement, je vivais à LA BUENA SOMBRA, *sala de fiestas*.

Mon capital, cette somme constituée d'acomptes, de défraiements et de maigres économies, avait presque fondu. Il y avait belle lurette que je consommais à crédit dans la boîte de nuit. J'avais déposé mon passeport en gage et réglais mes boissons, cigarettes ou sandwiches d'un simple paraphe sur des bons de caisse. J'étais ainsi rivé par un double lien à LA BUENA SOMBRA.

Les premiers temps, ce mode de paiement m'avait même amusé, je signais les bons en prenant des airs à la Félix Krull, à l'Aga Khan ou à la roi Farouk. Mais au fil des jours, l'inquiétude me gagnait. Comment faire pour m'affranchir ? Il me fallait trouver le moyen de me racheter.

Je passais intérieurement en revue mes amis dans l'espoir d'en trouver un à appeler pour lui emprunter un peu d'argent. Je finis par me rendre au consulat suisse. Je réussis péniblement à force de questions à me faufiler jusqu'à l'instance compétente, et j'eus un mal fou à faire comprendre ma situation au fonctionnaire. J'obtins enfin l'autorisation de téléphoner à l'étranger aux frais du consulat. Je joignis l'ami en question et celui-ci me promit de me faire parvenir le plus vite possible une somme d'argent.

Ayant regagné la rue, je me sentis aussitôt soulagé – en partie. L'argent en perspective me donnait une démarche différente. Pour la première fois, je voyais – avec les yeux. Mais avec cet argent à l'horizon, le départ approchait lui aussi à vue d'œil, et tout m'apparaissait désormais à travers les chiffres d'un compte de profits et pertes. Tiraillé entre le soulagement et la mélancolie anticipée, je m'en retournai chez moi. Le lendemain, je retirai l'argent à la banque. Puis j'allai me promener. J'éprouvais maintenant un sentiment de légèreté comme naguère à ma sortie de l'hôpital. Je marchais sans penser, l'esprit vide comme si j'avais déposé le fardeau de mes souvenirs, de mes soucis. Le cœur sec, dans un état de réceptivité quasi instinctif, je flânais à travers les venelles des quartiers gothique et chinois de la vieille ville. J'entrai même dans un musée. Je me renseignai dans une agence de voyages sur les correspondances pour Genève et Zurich. A la pension, je réglai ma note. Puis j'arrivai en avance à LA BUENA SOMBRA.

C'était comme au premier soir, lorsque le chauffeur de taxi m'avait déposé : une salle vide, derrière le comptoir, un barman intimidant de bonne santé était occupé à compter, à détacher des coupons. Je payai mes dettes et le priai de me rendre mon passeport, ce qu'il fit, remarquai-je, avec regret. Antonita n'était pas encore là, elle arriva peu après et quelques minutes plus tard les musiciens de l'orchestre apparurent à leur tour. Lorsqu'ils se mirent à jouer et que les flonflons émoustillants de leur musique eurent attiré quelques passants dans la salle vide, je me sentis heureux. Pour la première fois je m'abstins de rester collé aux côtés d'Antonita, allai seul, de temps à autre, faire un tour au comptoir. A neuf heures, nous quittâmes ensemble le bar afin d'aller manger. Comme d'habitude.

Dans le petit restaurant, le serveur prend la commande. Comme d'habitude. Il apporte le vin, met le couvert. Tout comme d'habitude. Mais cette fois, il remporte au bout d'un certain temps le repas à peine touché.

Je nous vois assis là. Un couple en train de picorer mornement dans l'assiette. Ils ont tous deux l'air buté. Ils coupent la viande, piquent un morceau au bout de leur fourchette et le reposent dans l'assiette. Il allait partir ce soir, dit l'homme. Et boit du vin. Il boit hâtivement et distraitement. Le serveur apporte déjà le troisième carafon. Il préférait ne pas la raccompagner, à quoi bon ? Il lui fallait encore aller chercher ses bagages à la pension. Ces bagages ne feraient que l'embarrasser. Elle acquiesce d'un simple signe de tête – plutôt froid, lui semble-t-il. Distrait. Ils fument tous les deux. Elle rejette la fumée d'un air concentré, sa lèvre inférieure est retroussée en avant, elle suit le panache en clignant des yeux. Il fume de manière précipitée, écrase la cigarette à peine entamée et en allume aussitôt une nouvelle. Il évite de la regarder, de regarder son *visage*. Il craint que les larmes ne jaillissent aussitôt de ses yeux. Aussi l'exhorte-t-il maintenant à partir. Il allait encore rester un moment, dit-il, va chercher son manteau et ma foi la pousse presque à l'extérieur.

Pour la première fois, seul dans le restaurant. Il commande un nouveau carafon et comme il est seul, qu'il a l'air seul, le serveur s'attarde près de la table. C'est le même que d'habitude, plus étudiant que serveur, dirait-on, peut-être est-il vraiment étudiant, quoi qu'il en soit, il déclare et cela dans un excellent français qu'il va bientôt fermer boutique, des amis ne vont pas tarder à venir le chercher, l'hôte n'aurait-il pas envie de se joindre à eux ?

Je me vois quittant le restaurant en compagnie d'un groupe de jeunes Espagnols. Un sympathisant tout heureux de cette diversion inattendue. Il se force à afficher un enthousiasme factice. Les Espagnols ont l'air d'intellectuels, leur physique, les journaux qui émergent de la poche de leur veston, les lunettes sombres le donnent à penser. Ils ont une manière discrète de manifester leur cordialité à l'égard de l'étranger qui se sent déjà la tête lourde de tout ce vin ingurgité.

Dans les divers bars, mastroquets – des bistrots populaires connus des seuls initiés, dans certains on joue de la guitare, des castagnettes –, une chaleur émane des corps, du vacarme, de la musique. Ils boivent à présent des alcools forts : du fundador, du whisky. Le sympathisant n'a pas la moindre chance de régaler quant à lui ses compagnons, toutes les tournées ont été déjà payées à l'avance. Ce porte à porte insouciant, cette pérégrination d'une cohue à l'autre – une virée entre hommes à travers l'inconnu – ne manque pas de charme.

Il éprouve brusquement l'envie de retourner là-bas afin de montrer qu'il a retrouvé son ancienne silhouette, d'exhiber son affranchissement, "si on allait faire un petit tour à LA BUENA SOMBRA", suggère-t-il au gentil serveur dont il apprendra plus tard qu'il est vraiment serveur de son métier et de surcroît passionné de moto dans ses temps libres, pas un étudiant en tout cas. Et le serveur, après avoir d'abord refusé, puis essayé gravement de le dissuader – mais pour quoi faire ? –, finit par se laisser entraîner, bien qu'à contrecœur.

Ils prennent alors congé des collègues du serveur, il est ma foi fort tard, et pénètrent peu après dans la *sala de fiestas* bien connue.

Dès l'entrée, il a l'impression que ses jambes, que tout son corps fonctionne d'une manière bizarre, celle, bravache, d'un cow-boy ou d'un héros de western. La boîte est bondée comme toujours après minuit, à l'heure de pointe. Il s'en réjouit, son nouveau corps brûle de jouer des coudes, de brasser la foule, d'écarter ces murailles de chair et d'os recouverts de fringues. Il remarque que le serveur lui donne un petit coup discret, essaie visiblement de le calmer : il vient de bousculer fort brutalement l'un des convives assis au bar. On ferait mieux de partir, insinue le serveur en français

– beaucoup trop de monde – et il répète la phrase comme s'il se parlait à lui-même dans sa langue. Il vide en vitesse le verre qu'on lui glisse dans la main. Puis il s'excuse et s'en va.

Plus de serveur, plus de compagnon et d'ami dans le voisinage. Bon. Mais où est donc Antonita ? *Où est-elle ?* s'entend-il vociférer en direction du barman qui paraît furieusement occupé et fait un geste étrangement flou de désapprobation. Traîtresse ! songe-t-il et de se lancer dans la mêlée fendant sans cesse de nouvelles murailles humaines.

Lorsqu'il retrouve ses esprits, un brusque silence l'emprisonne (comme lorsqu'on vient de couper le son d'un téléviseur qui l'instant d'avant beuglait). Il ressent une douleur cuisante sur le visage, et en même temps, il voit les deux uniformes gris devant lui. Mines officielles ornées de moustaches émergeant de bustes aux uniformes serrés à la taille, cintrés par-dessus des jambes bottées qui miroitent. Il se laisse prendre sous les bras et porter vers une voiture. Et il se retrouve peu après dans un commissariat, nez à nez avec un individu en civil qui lui demande son passeport.

A son propre étonnement, il n'éprouve pas la moindre appréhension, au contraire. Face à l'homme en civil derrière son bureau d'inquisition, les mots, les phrases, les locutions françaises surgissent spontanément à la pelle ; et il arbore la mine la plus candide. De son propre gré il exhibe d'autres pièces d'identité, des recommandations (dont le journal l'a muni pour son travail). Dans le bureau nocturne de cet engrenage policier, pour lui incompréhensible, il se rend soudain compte non seulement qu'il n'éprouve aucune peur, mais qu'il n'a absolument rien à perdre (et tout à apprendre). Dans cette liberté inusitée tout prend pour lui figure de farce. Il insiste à son tour pour que sa protestation figure au procès-verbal. Il fait état de sa mission, du caractère quasi officiel de son séjour. Il réussit adroitement à glisser quelques allusions à d'importantes personnalités du pays, cite le nom de l'ambassadeur d'Espagne en Suisse. Il réclame une enquête. Et, à son extrême surprise, il voit le fonctionnaire, derrière son bureau, prendre d'abord un air pensif, puis devenir parfaitement aimable. Le fonctionnaire fait signe aux porteurs d'uniformes de s'approcher et leur enjoint de raccompagner le monsieur. Puis il se lève et prend congé.

Je me vois faisant mon entrée, escorté de deux uniformes gris, à LA BUENA SOMBRA. Un triomphateur courroucé. Il se rend au bar, le barman est aux petits soins. Il refuse le verre que celui-ci lui offre. Il congédie d'un geste les porteurs d'uniformes. Il renonçait (renonçait à donner suite à l'affaire), charge-t-il le barman de traduire. Puis il commande une boisson.

Le remue-ménage bien connu et un vide palpable autour de sa personne lui révèlent bientôt que l'établissement s'apprête à fermer. Et soudain Antonita est debout près de lui, déjà revêtue de son manteau. Elle le touche, très doucement, le prend par le bras. Elle l'entraîne vers la sortie et vers la portière du taxi en stationnement.

Durant le trajet, pas un mot et pas un contact physique. Il se renfrogne dans la rancœur qu'il a tissée de ses propres mains, jusqu'à l'arrêt de la voiture devant l'hôtel. Et à nouveau, dans la chambre rouge. Seul, il eût sombré en quelques minutes dans les abîmes du sommeil, mais il n'en est pas question maintenant.

Dans la chambre, une Antonita affectueuse, toujours vêtue de son manteau, attend qu'il dise le premier mot. Elle est là, c'est vrai, mais celle qui comptait a disparu.

Qu'a-t-il à voir avec cette femme devant lui ? Il ne ressent rien ; tout a disparu, plus de sentiment, plus d'attirance.

L'espoir. Disparu. Du fond de la souffrance laissée par ce vide, il s'entend crier : "Pute." Et se rue sur la fugitive.

J'ai dû subir un traumatisme dans ce bar. L'idée qu'Antonita (je l'avais cherchée en vain dans la bousculade) était assise à l'une

des tables aux côtés d'un autre homme.
Cette idée avait fait de moi un paria, avait
tout réduit à néant –

Lorsque je m'éveillai le lendemain, c'était
comme si j'avais entièrement perdu la
mémoire. Comme lorsqu'on sort d'une nar-
cose à l'hôpital, après une opération. Mais
cet état ne dura guère. Les premières bribes
de souvenirs ne tardèrent pas à se raviver,
me plongeant dans la panique. Il me fallait
savoir ce qui s'était passé durant la nuit.

C'était le début de l'après-midi. Je pris le
chemin de LA BUENA SOMBRA. Comme il fallait s'y attendre, je ne trouvai à cette heure
que les femmes de ménage, elles purent
cependant me donner l'adresse du barman.
Il demeurait dans un faubourg. Je m'y rendis.

Je tombai sur un homme transpirant et
vêtu d'un tricot de corps, un homme entre
deux âges et d'une taille robuste, encore
mal réveillé, avec une touffe de poils noi-
râtres qui jaillissaient de l'échancrure de sa
chemise. Ma venue n'avait pas l'heur de
plaire à cet homme, et il était encore moins
d'humeur à s'entretenir de l'incident, "n'en
parlons plus", dit-il. Il fit le geste de trancher
une gorge, mimant ainsi ce qui aurait pu se
passer. "Alors on laisse tomber, hein !"

Le serveur dont je trouvai l'adresse dans
mon portefeuille (il me l'avait donnée au
cours de notre virée nocturne en me

demandant de lui envoyer des cartes postales de l'étranger, il faisait une collection de timbres) était lui aussi de l'avis qu'on aurait mieux fait de ne pas aller dans la boîte de nuit. Je n'étais plus dans mon état normal, c'était pour éviter une dispute entre nous qu'il s'était esquivé. Il n'avait rien de prévu jusqu'au soir et proposait d'aller faire un petit tour de motocyclette. Il me déposerait ensuite à la gare.

La moto était une machine de cent cinquante centimètres cubes, légère et sportive. Elle n'avait pas de siège arrière, rien que cette selle individuelle, oblongue, gracile, dépourvue de poignée ou de courroie. Il fallait, sur cette machine, s'agripper au conducteur, notamment dans les virages. Nous prîmes la route des collines et, pour la première fois, je découvris la ville des hauteurs, le glissement de toutes ses pierres mauves jusqu'à la mer. Je voyais les *ramblas* s'étirer, telle une chevelure verte à travers l'océan des immeubles, palpitantes de vie.

Le serveur évoquait sa passion pour la moto, il rêvait de participer à des courses. Il exhibait des instantanés de lui et de sa famille, de lui et de sa motocyclette, photos prises lors d'excursions dans diverses régions du pays. Puis nous regagnâmes la pension pour y prendre mes bagages. Sur le chemin de la gare, ma valise et mon porte-documents coincés sur les genoux, un véritable exercice de voltige, surtout lors des démarrages, je m'aperçus soudain que je n'avais rien à rapporter chez moi, rien pour les enfants. Je dis au serveur que je n'avais rien pour les enfants, que j'avais formellement promis à mon petit garçon de lui rapporter quelque chose, mais ne savais trop quoi. Il stoppa près d'une boutique de souvenirs et en revint avec un couteau recourbé dont la lame jaillissait par une simple pression sur un bouton. Le temps était à présent compté et nous prîmes congé en toute hâte devant la gare. J'attrapai mon train de justesse. Un rayon de lumière oblique tombait par la fenêtre. C'était le soir.

Je me vois sortant du hall de la gare à Zurich. Un homme au visage défait, guettant d'un air renfrogné l'arrivée du tramway. Il attend debout, devant l'arrêt, dans son costume fripé, souillé par la sueur. C'est le matin. Un tram isolé d'un modèle ancien traverse poussivement le pont. La motrice bleue par-dessus la rivière, cheminant vers la rangée d'immeubles minables sur le quai, de l'autre côté – comme si elle se contentait d'effectuer des manœuvres sur ce pont. Et à part ça ? Bien trop de vides, lumière blafarde. Une arrivée dénuée de circonstances atténuantes.

Durant le trajet en tramway, le sentiment accablant d'avoir tout perdu, en même temps, un vent de panique. Le parcours sur les rails avec ses brèves haltes aux différents arrêts est le délai de grâce du condamné à mort. Telles des frusques éparpillées, il rassemble en hâte les divers éléments de sa fiche signalétique. Il essaie de se représenter l'immeuble collectif où il demeure, dans les moindres détails, y compris la cage d'escalier, la porte d'entrée, le bouton de la sonnette.

En ouvrant la porte, je savais déjà qu'il n'y avait personne à la maison. Une feuille de papier était accrochée dans le vestibule. Elle était partie avec les enfants chez son père et attendait mon appel téléphonique, écrivait ma femme. J'avais oublié que les vacances avaient entre-temps commencé.

Les parois dans le couloir ne me semblaient pas faites de briques et de plâtre, mais d'une sorte de biscuit – aussi insipides. Dans la salle de séjour avec sa vaste baie vitrée, l'absence de rideaux sur la tringle me sauta aussitôt aux yeux. L'étagère pour les livres, plantée au milieu de la pièce en guise de bornage, me parut absurde pour ne pas dire pitoyable. J'entrai dans mon bureau pour y déposer ma valise et mon porte-documents. La table de travail noirâtre, héritée de mon père, semblait menacée d'asphyxie entre les cloisons claires, étouffantes de la pièce. Quant aux paperasses qui s'entassaient sur cette table, je préférais pour l'instant ne pas y regarder de trop près.

Ces pièces faisaient penser à des niches, à des cagibis, et non à des espaces d'habitation. J'avais l'impression de pénétrer dans un logement inoccupé. La chambre à coucher, celle des enfants – pourtant soigneusement rangées –, tout ressemblait à des marchandises entreposées dans l'attente d'un déménagement.

Sans prendre la peine de me changer, je m'assis devant la table ovale de la salle à manger. Je restai longtemps à la même place, incapable de prendre une décision, fût-ce simplement de me laver et de changer de vêtements, me contentant d'enregistrer maniaquement les bruits variés dans la cage d'escalier et derrière les fenêtres. Un état atroce d'irrésolution, de léthargie, de paralysie.

Par moments, une sorte de panique existentielle m'effleurait fugitivement – le journal ! J'avais jusqu'ici réussi à écarter la pensée de ma femme (de notre future confrontation). Ce qui pour lors me déchirait, et ne tarda pas à me prendre littéralement à la gorge, chagrin intolérable, irrémédiable, (me semblait-il), c'était la *nostalgie*. Non : plutôt une sorte de douleur animale comme si l'on m'avait transplanté, arraché à la seule vie possible. Je finis par m'endormir devant la table.

Lorsque je m'éveillai, je me sentais un peu mieux, mais c'était maintenant l'apathie. Je me forçai à me laver et à me changer puis allai à la cuisine et me préparai un café. Derrière les fenêtres, des enfants du voisinage jouaient à cache-cache. Juste sous le balcon de notre cuisine, une voix ânonnait des chiffres : "Vingt-six, vingt-sept...", stridente, soupçonneuse, exaspérée, tandis que d'autres voix enfantines, chuchotement confidentiel, conspirateur, se dispersaient, s'éloignaient. La dispute n'allait pas tarder à éclater. Je baissai les stores et me retirai dans la salle de séjour où je me jetai sur le canapé, derrière le mur-bibliothèque. Je veillai, allongé, tandis que derrière les fenêtres l'obscurité croissait peu à peu.

Je me vois couché sur ce canapé, sur la couverture de ce canapé avec ses rayures noires, rouges et blanchâtres, décolorées, une étoffe rêche qui gratte la peau nue. Un homme s'efforçant à l'immobilité, essayant de se rendre invisible, de faire si possible la sourde oreille. Indifférent. L'indifférence est une protection mais aussi un refus (il se refuse à la réalité de son retour).

J'étais incapable de préciser ce vers quoi toutes les fibres de mon corps aspiraient désespérément, de dire ce que j'avais perdu. Dans le silence de la salle de séjour, où s'estompaient les dernières lueurs du couchant, des sons se formaient en moi, venus de cette langue étrangère qui, des semaines entières, avait été l'unique langue. *Nada, todo, buenos dias* modulaient mes lèvres. J'entendais dans cette pièce le chuchotis et le hourvari souterrains, séditieux, qui n'avaient cessé de m'accompagner. Le bruit des castagnettes qui commence dans un cliquetis, puis se met à tourbillonner et à gronder. J'imaginais le tumulte au sein de cet air, distinguais la raideur des réverbères et des candélabres de fer. Ceux-ci conféraient aux rues et aux places l'aspect d'un espace clos, interdit. Dans les rues désertes, la touffeur. Les feuillages du boulevard bruissent avec un son métallique dans la lumière incandescente. L'arrivant s'avance dans la ville morte en traînant derrière lui la dépouille d'un autre avec son ombre.

Cet homme n'avait ni bagages, ni porte-documents, rien que son enveloppe corporelle. Il parcourait la rue comme s'il se frayait son chemin à travers le lit asséché d'une rivière. Il marchait au fond de l'abîme.

Je m'aperçus que j'avais faim et cette fringale me fit prendre conscience de mon corps couché sur le canapé, un corps tout neuf, amaigri. Je sentis la présence de mes os et me levai d'un bond, histoire de faire un peu d'exercice. Puis j'allai me préparer un café. Je bus ce café dans la cuisine. Je n'avais pas envie de manger, je voulais continuer à sentir la présence de cette carcasse que j'avais rapportée de là-bas, qui me reliait à mon voyage et à l'autre homme. J'aurais bu du vin si j'avais pu, mais il n'y en avait pas et pour rien au monde je ne serais sorti de chez moi. Longtemps je restai à veiller en buvant du café et en fumant des cigarettes.

Par les fenêtres de la salle de séjour on apercevait, de l'autre côté de la rivière, les lumières du chemin de fer, par-derrière, celles, fugaces et tremblotantes, de la grand-route, et à un moment donné, les feux de position multicolores d'un avion. Dans l'immeuble régnait à présent un silence de mort. Jadis j'aurais éprouvé le besoin de m'occuper, mis de la musique, ouvert un journal, pris un bain ou rangé un peu. A présent, je restais sans rien faire. Je gardais la chambre.

Un instant, j'aperçus Antonita devant moi. Son visage – comme si mes doigts avertis l'avaient palpé, mes mains l'avaient tenu : la chevelure, la bouche, le miroitement des yeux marron, la peau carminée. La voix. Ce qui m'épouvantait le plus, c'était cette proximité, puis la brusque et fulgurante douleur – de la perte.

Lorsque je m'éveillai le lendemain, tout habillé sur le canapé, il était midi. Je le savais sans avoir à vérifier sur ma montre : grâce à la cage d'escalier en récréation, avec ses bruits de fourchettes et de couteaux, grâce aux programmes radiophoniques qui s'échappaient en bourdonnant des divers postes. Par simple habitude, je me rendis à la boîte aux lettres. Elle était surtout bourrée de prospectus bons pour la poubelle, mais parmi ceux-ci figurait un pli volumineux venu d'Allemagne. Les gens d'Essen qui m'avaient invité il y a quelque temps à faire une conférence me confirmaient la date et les détails du programme. La missive était assortie d'un billet de chemin de fer. La conférence était prévue pour cette semaine même. Cela aussi, je l'avais oublié.

Je n'avais pas préparé de texte mais rien ne m'empêchait de partir tout de suite et d'écrire celui-ci une fois arrivé. J'aurais au moins une occupation pour les prochains jours et un prétexte pour reprendre place dans le compartiment roulant. Mais il me fallait tout d'abord appeler ma femme.

Je composai le numéro. Attendis, malade d'anxiété, que la voix eût retenti dans la ligne. Sans le faire exprès, la mienne prit aussitôt un ton bourru, plus exactement : cette intonation crispée que donne la lâcheté, je précisai qu'une série d'empêchements m'avaient retenu à Barcelone, raconterais plus tard. Elle parlait d'une voix basse qui semblait venir de très loin, avec une feinte allégresse qui me fit comprendre qu'elle s'était attendue au pire. J'ajoutai que j'avais rapporté quelque chose pour le petit garçon et que je disais le bonjour aux enfants. Puis je raccrochai. Se pouvait-il que les liens, les appartenances fussent aussi aisément interchangeables ? Avais-je été la proie d'une amnésie, d'une carence sentimentale ?

J'étais censé aller à Essen à l'invitation d'un organisme culturel patronné par la grande industrie. Je me rendis à la gare, muni cette fois de mon manteau. Il s'agissait d'une minable capote militaire que j'avais achetée un jour à un camelot après avoir égaré mon vrai manteau dans un bistrot. Je me disais que l'automne, dans la Ruhr, risquait d'être froid.

Le billet qu'on m'avait envoyé donnait le droit de prendre un train à supplément. Tous les wagons étaient de première classe, la plupart des compartiments occupés par un seul voyageur. Dans chacun d'eux, des hommes d'affaires s'étalaient, assis devant leur attaché-case ouvert et bourré de documents, qu'ils avaient en partie éparpillés sur les sièges voisins. Je dénichai un compartiment pour moi seul et m'efforçai aussitôt de dormir. Je fus tiré de mon sommeil par le garçon de restaurant, parcourant le couloir, avec sa clochette.

Dans le wagon-restaurant de vraies bougies étaient allumées. Ces messieurs les hommes d'affaires, qui, tout à l'heure, monopolisaient les compartiments, s'entassaient là autour des petites tables à la lueur de ces bougies qui rétrécissaient l'espace disponible, l'échauffaient de désagréable façon.

Lorsque j'allumai une cigarette, après avoir englouti mon repas avec une sensation d'étouffement, le garçon de service me fit observer qu'il fallait attendre pour fumer que l'on eût desservi. J'attendis donc, le cœur serré, que le coffret à cigares eût circulé, et que les cigares fussent allumés. J'attendis ensuite mon tour de payer et m'empressai de disparaître au fond de mon compartiment.

A Essen il faisait froid et humide. L'hôtel était situé près de la gare. Vêtu de ma seule capote militaire qui dégoulinait, je me dirigeai vers la réception et donnai mon nom. Le réceptionnaire, qui se serait certainement passé de ma présence, feuilleta sans un mot la liste des réservations. Il mit la main sur les directives – des grands patrons de l'industrie –, "chasseur", hurla-t-il tout en me remettant d'une main majestueuse la clef assortie d'une enveloppe.

Dans la chambre, après avoir retiré ma mallette des mains du chasseur, j'appelai aussitôt le standard et demandai une bouteille de whisky ainsi qu'une communication interurbaine avec Barcelone. J'attendis en buvant que la réception eût rappelé et libéré la ligne. Puis j'écoutai en silence la voix au bout du fil, écoutai la langue étrangère que j'aimais. Je percevais le bourdonnement de la boîte de nuit derrière la voix dont l'intonation était impatiente, puis contrariée – le barman ? Je raccrochai.

Outre une formule de bienvenue, un programme et le carton d'invitation à ma conférence, l'enveloppe renfermait une liasse de billets de banque dont je ne savais s'il fallait les considérer comme des défraiements, un cachet, de l'argent de poche ou tout cela à la fois.

Je vécus les jours qui suivirent comme si j'avais été en quarantaine. On m'emmenait visiter les usines dans une Mercedes de service. En me saluant, un responsable (attaché de presse, chargé des relations publiques ?) voulait chaque fois savoir si je ne manquais de rien. On avait pensé, pourvu à tout. Le reste du temps, je ne quittais pas ma chambre ou m'installais dans le hall de l'hôtel pour préparer mon exposé. J'avais toutes les peines du monde à entrer dans mon sujet et surtout à me concentrer sur celui-ci. J'étais tari et rouillé.

La veille de mon intervention, qui devait s'inscrire dans un vaste programme de manifestations, on avait prévu une conférence de presse et j'étais tenu d'y assister. Je n'avais toujours pas achevé mon texte et m'y présentai dans un état de nervosité bien compréhensible. Cette conférence avait été programmée en fin d'après-midi.

Je m'attendais à une simple causerie et me trouvai en présence d'une foule de gens et d'un gigantesque buffet. On but du champagne, on mangea du gibier, du poisson, des volailles. Je bus immodérément.

Me sentais-je indisposé, j'avais l'air exténué, interrogea le responsable. Ce devait être, dis-je, le changement de climat. J'arrivais de Barcelone et n'étais peut-être pas encore vraiment réacclimaté. J'avais abusé de mes forces en Espagne.

Etait-ce ma conférence qui m'avait obligé à revenir plus tôt que prévu ? Possible, dis-je, bien possible, mais tout allait rentrer dans l'ordre. Ces questions étaient, à mes yeux, de simples formules de politesse, mais en y répondant je ne pouvais m'empêcher de songer, en secret, à mon chapitre espagnol resté en plan. Je dis que j'allais probablement retourner bientôt à Barcelone.

Je n'en crus pas mes oreilles lorsque, en guise de réponse, il me demanda si je désirais qu'on me procure un billet d'avion pour Barcelone. Ce serait bien, vraiment bien, m'entendis-je marmonner sans trop savoir ce qu'il me fallait en penser. J'étais comme électrisé.

Je réussis à achever le lendemain, à la dernière minute, le texte de mon intervention en le griffonnant sur une liasse de feuilles volantes – plus exactement, je fignolai à la hâte une conclusion. Puis je montai dans un taxi, m'efforçai d'apprendre par cœur, corrigeai ce que j'avais écrit durant le trajet. Mon exposé venait à la suite des déclarations de deux autres intervenants, en improvisant, j'enjolivai quelques passages et quittai la tribune sous des applaudissements polis.

Un repas était prévu ensuite, les gens faisaient cercle en attendant. Je me sentais fort soulagé, fumais et discutais avec diverses personnes. Et soudain, le responsable apparut. Il me fit signe que nous avions encore une question à régler et me remit, lorsque nous fûmes seuls, une pochette renfermant mon billet d'avion.

Je me vois assis dans l'avion. Un voyageur soigneusement empaqueté dans sa stalle au dossier surélevé, tourné vers l'avant, passif, comme tout le monde. Il voit à travers la double épaisseur de son œil-de-bœuf un bout d'aile d'avion, voit celle-ci cahoter vertigineusement dans le brouillard. Il suit des yeux le tracé des rivets sur cette aile de métal, toute grande déployée, qui frémit et oscille, se penche derechef en arrière et se laisse bercer par les vibratos du bourdonnement inaudible. Soudain, le soleil surgit dans cette antichambre où les sièges se pelotonnent, là-haut, dans les airs, un flot de soleil éblouissant, comme s'ils étaient des curistes sur une terrasse panoramique, coupés de la terre par les espaces désertiques d'une cordillère de nuages ouatés. Puis les nuages ont disparu, l'appareil vole au-dessus de la mer, survole un relief marin chatoyant aux formes étranges. C'est ensuite la glèbe rouge, noire et brune de la terre d'Espagne qui se glisse sous l'aile et peu après la voix du commandant retentit.

Durant le vol, j'avais d'abord éprouvé une bizarre sensation de liberté. Je savourais la vacuité – la délivrance. Mais à peine eut-on annoncé l'atterrissage que la fièvre me prit. J'aurais voulu tantôt tout envoyer par-dessus bord afin de me rendre plus fort – un homme débarrassé de son lest, prêt à sauter dans le vide ; tantôt je me voyais errant à travers les rues de Barcelone, confronté à la fois à une chimère et à mon pitoyable moi. J'évitai de penser à Antonita. Etouffai dans l'œuf les moindres manifestations de sa personne. Une fois sur terre, les formalités douanières et le contrôle des passeports achevés, je n'attendis pas le départ du bus. Je pris un taxi et dis au chauffeur de me conduire dans le quartier des *ramblas*. Nous roulâmes à travers un désert poussiéreux auquel succédèrent des enfilades de rues rectilignes aux dimensions triomphales – *Avenida del Generalissimo Franco*, lus-je à un moment donné. Arrivé près de ma pension, je me fis déposer et continuai à pied mon chemin. C'était la fin de l'après-midi. L'heure de la *siesta* était terminée, les boutiques et les bistrots commençaient à s'animer ; ils allaient promener au soleil leur somnolence, leurs stocks d'air, en compagnie des chiens et des chats. Par les

interstices des fenêtres, j'entendais le siffle-
ment des machines à écrire.

Sous les arbres des *ramblas*, des hommes
se tenaient assis sur des bancs et des chaises.
Ils échangeaient des propos à travers la rue
avec des hommes assis aux terrasses des
cafés. On entendait à nouveau les oiseaux,
les vendeurs de billets de loterie. L'air s'em-
plissait du clapotis des promeneurs et du
bourdonnement des véhicules. Du fond de
l'abîme pierreux des rues et des ruelles mon-
tait doucement le flot vespéral.

Je m'approchai de l'entrée de la boîte de
nuit. L'inscription LA BUENA SOMBRA, tout
juste allumée sans doute, flottait en chatoyant dans la lumière du jour. J'entrai.

Le portier sous le portail ne m'avait pas
encore prêté attention. Une lueur d'intel-
ligence passa enfin sur son visage et se
répandit en une joyeuse grimace. Nous nous
serrâmes la main. Il m'accompagna jusqu'au comptoir. Le barman surgit de derrière le zinc, au milieu d'un torrent de
paroles, et se mit à m'inspecter, oui à me
palper. Il me saluait comme si j'étais ressus-
cité d'entre les morts.

Il n'y avait encore personne dans la salle.
Antonita allait sûrement arriver d'un instant
à l'autre. "Ah si vous l'aviez vue, assise au
bar après votre départ – on aurait dit une
pierre. Elle ne disait pas un mot. Elle restait
là sans bouger. Comme ça." Il y avait de la
compassion dans ses paroles, on y entendait

l'écho d'une sincère perplexité. Je remarquais qu'il me toisait, sans doute curieux de deviner la suite des événements. Pourquoi n'irais-je pas jeter un coup d'œil au café Venezuela ? suggéra-t-il. Les filles s'y retrouvaient toujours avant de prendre leur travail.

Au café Venezuela, j'aperçus de la rue la chanteuse blonde entourée de danseuses. Antonita n'était pas parmi elles. Les filles semblaient embouteiller le petit bistrot avec leurs sacs à main, leurs jaquettes, leurs costumes de scène, tous leurs accessoires féminins. Beaucoup plus encombrantes que les hommes, me dis-je. J'hésitais à entrer. Antonita était-elle malade ?

A l'intérieur, j'eus toutes les peines du monde à lutter contre les exclamations hilares, les questions, les mains ; la chanteuse exceptée, je leur avais pourtant à peine adressé la parole jusqu'à ce jour. Par quel mystère pouvaient-elles me considérer ainsi comme étant vraiment l'un des leurs ?

Elles insistaient pour que je boive avec elles, mais je fus pris soudain d'une telle nausée que je faillis vomir. Je commandai un thé à la menthe et, du coup, les filles ne me traitèrent plus seulement comme un parent mais comme un parent malade. Antonita allait arriver d'un moment à l'autre, dirent-elles, à moins qu'elle ne se fût rendue directement au cabaret. "Elle sera bientôt là", répétaient-elles sans relâche. L'une d'elles traversa vite la rue pour aller voir si

Antonita était entre-temps arrivée. Elle avait été vraiment malade après mon départ. Je ne répondais rien. Je ne savais que dire.

Je me vois entrant une deuxième fois dans le bar. Un homme au milieu d'un groupe de filles, embarrassé – tous ces égards, autour de lui, cette complicité indiscrète. A l'intérieur, les danseuses s'éclipsent aussitôt dans les vestiaires. Lui reste planté là, sa mallette à la main. Personne encore autour du comptoir, la salle déserte, plongée dans la pénombre. Le barman au bout du comptoir, penché sur je ne sais quoi, ne lui prête pas attention. Il reste là, troublé par le caractère théâtral de la scène et néanmoins cloué sur place : incarnation de l'attente aux portes de l'enfer. Dans l'antichambre. Au bord du gouffre.

Il la voit surgir, très loin derrière la piste de danse et la scène. Elle ne fait pas un signe, elle s'avance simplement, la tête légèrement inclinée vers le sol, sans se hâter, sans hésiter, elle s'approche, toute menue lui semble-t-il. Très naturellement. Toute seule.

Ils sont face à face dans le bar vide. Son visage à elle – scrute gravement le sien ; la peau, les yeux : le miroir où se reflète cette scène. Puis une étincelle – aussitôt éteinte –, lueur fugace d'espièglerie. Elle effleure sa main. Puis ils se dirigent, toujours sans dire un mot, vers une table.

Le serveur a apporté les boissons, les musiciens se sont mis à jouer, des clients sont assis au comptoir, les consœurs d'Antonita traversent la salle, font un signe de tête entendu en direction de leur guéridon. Le barman étend le bras vers les bouteilles et les verres rangés derrière son dos, il joue de toutes les touches de son xylophone-bar.

Elle s'était juré de ne plus jamais le revoir, dit Antonita. Puis elle presse sa main. Et lui, est-ce parce qu'il a si longtemps attendu ? se met soudain à pester, exaspéré par ce bar inepte. "Est-ce qu'on ne pourrait pas enfin s'en aller d'ici ?" mais il cesse aussitôt de maugréer, il s'excuse. Elle allait s'arranger pour se libérer le lendemain, dit Antonita.

Je réussis à grand-peine, malgré l'ambiance parfaitement amicale répandue par le barman et les danseuses, à patienter tout le long de la soirée, les heures interminables qui précédaient la fermeture. Je m'aperçus que l'ombre charitable de la maison m'était devenue inutile, que j'avais échappé à ma léthargie. J'aspirais de tout mon être à sortir, à être seul en compagnie d'Antonita. Je savais qu'il ne me restait guère de temps. Je devais repartir dès le lendemain.

A plusieurs reprises, Antonita évoqua les circonstances de mon premier départ. Elle raconta comment elle avait quitté l'hôtel cette nuit-là, son retour à la maison et sa prostration – durant des jours et des jours. Elle avait essayé de comprendre, sans réussir à trouver d'explication à ma conduite ; elle avait ressenti ce qui lui était arrivé comme une marque d'infamie. Elle s'était efforcée de me chasser de sa mémoire, mais l'humiliation l'avait sans cesse obligée à se ressouvenir.

Je ne pouvais que répéter les mêmes excuses. Je n'étais pas dans mon état normal, rendu à demi fou par l'alcool et l'excès d'émotion. Mais à présent – était-ce pour cette raison ? – nous étions devenus plus proches l'un de l'autre. Je devinais que chez elle une certaine défense avait cédé, le devinais à son indifférence vis-à-vis de LA BUENA SOMBRA, le devinais à sa voix dans laquelle on percevait, par moments, un très léger étranglement, comme la rupture d'un rempart. Comme une souffrance. Une angoisse.

Après la fermeture du bar, nous nous rendîmes à l'hôtel. Dans la chambre, nous ne nous glissâmes pas dans l'obscurité comme d'habitude. Nous nous étreignîmes longuement, d'abord avec précaution, puis désespérément, nous nous serrions l'un contre l'autre à en perdre le souffle, à en avoir la tête brûlante. Et après, nous nous aimâmes comme s'il s'était agi non seulement de vaincre nos corps, mais d'effacer, d'anéantir notre propre existence. Je percevais toujours la nouvelle tonalité dans sa voix et celle-ci résonnait comme l'écho d'un sanglot venu des années d'enfance.

Nous étions convenus d'un rendez-vous pour le lendemain après-midi au café Venezuela. Lorsque Antonita apparut, elle portait un foulard autour de la tête. Je ne lui avais encore jamais vu de foulard, cela lui donnait un air différent – plus casanier. Sa manière de tourner le corps, comme pour un jeu de cache-cache, tandis qu'elle regardait à l'intérieur du café, son rire chaleureux lorsque nos regards se croisèrent, me firent aussitôt comprendre qu'il y avait quelque chose d'inhabituel. Elle avait pris un jour de congé, dit-elle, nous pouvions aller où nous voulions.

Nous nous rendîmes au jardin zoologique, et ensuite, la pluie s'étant mise brusquement à tomber, au cinéma. Nous avions tout à coup beaucoup de temps – et ne cessions de nous perdre comme dans un appartement trop vaste. Antonita pouvait être, quand elle le voulait, exubérante. Il lui arrivait de changer brusquement de pas, dans les moments où je sombrais dans le silence, et de s'éloigner en chantant, ou encore lorsque je disais quelque chose, elle feignait la distraction, voire la surdité. Elle inventait toutes sortes de pièges et nous nous réconciliions ensuite avec la plus belle exaltation. Elle paraissait heureuse. Mais par ces diversions, elle essayait en réalité de chasser la pensée de notre proche séparation. L'abondance de temps dont nous disposions était une simple attente. Elle savait que je partais le soir même. Elle avait insisté pour m'accompagner au train. Nous arrivâmes trop tôt, attendîmes sur le quai et ne savions plus que nous dire. J'écrirai, marmonnai-je ; et reviendrai très vite. Je demandai s'il était possible de la joindre par téléphone à LA BUENA SOMBRA. Elle se contentait chaque fois de hocher la tête. Puis la voix du haut-parleur éclata, discordante à travers le hall. Elle fouilla dans son sac et en sortit un pain, un pain coupé en longueur avec des tomates entre les deux tranches. J'aurais sûrement faim. Elle retira son foulard et me le tendit. A nouveau la voix du haut-parleur. Je touchai sa joue, la serrai dans mes bras. Ce n'est que lorsque je fus sur le marchepied, lorsque le train se fut ébranlé, que les larmes lui vinrent aux yeux. Elles jaillissaient comme si elles lui étaient étrangères. Elles ruisselaient comme la pluie le long de son visage.

Je ne ressentis durant ce trajet-là ni inquiétude ni ennui. Lorsqu'il m'arrivait par hasard de réfléchir, c'était pour suivre par la pensée les minutes et les heures du voyage, et je n'aurais voulu ni les accélérer ni les prolonger. Tout en moi voyageait – de pair.

Je notais en même temps les diverses altérations de la lumière derrière les fenêtres et à l'intérieur du compartiment jusqu'au moment où, dans le wagon, les lumières s'allumèrent et le bruit des roues sur les rails s'accentua comme dans un tunnel. Je me vois plus tard dans l'un des wagons français bondés, asile de nuit volant avec son tohu-bohu de dormeurs et de veilleurs, de familles et de soldats, debout dans le couloir plein à craquer, une bouteille de Fundador à la main. La bouteille passe de main en main, de bouche en bouche à l'intérieur d'un groupe dont fait partie, outre le contrôleur et deux soldats, une fille – une Danoise venue en Espagne semble-t-il pour suivre un cours de langue. L'air est lourd de sommeil, de sueur et de l'odeur des divers uniformes et vêtements, sans oublier celle de la fumée des cigarettes ; il est rempli de halètements, bruit de dormeurs agités et voix assourdies des causeurs. Ce n'est qu'aux rares arrêts du train qu'un mouvement se fait dans le couloir lorsqu'un voyageur monte ou descend du train. A un moment donné, l'air de la campagne se répand à flots par la vitre ouverte, l'air fascinant d'une terre étrangère. Du fond des ténèbres surgissent, dans un brasier sulfureux, les cheminées d'une usine illuminée et tout autour la lueur tremblotante d'une ville plongée dans son sommeil nocturne.

Je me vois dans notre appartement quatre-pièces – traînant sans but. Un homme revenu de voyage. Il est seul, seul avec les meubles, un mobilier qui le désespère par sa touchante précarité. L'étagère pour les livres, dotation d'une dame compatissante, jadis épouse de missionnaire ; derrière celle-ci, la table en verre, une acquisition personnelle ; même chose pour le couvre-lit africain. Mais point de rideau ni de tapis dans cette salle de séjour dont le plus bel objet, une table ovale Louis-Philippe, servant aux repas, un héritage, a l'air beaucoup trop tape-à-l'œil. Cette demeure respire l'inachevé, l'incohérence, bref, il n'en émane guère d'histoire, peu de souvenirs, et encore moins de confort ou de patine. Le bureau mastoc que m'a légué père est emprisonné dans cette pièce bien trop exiguë en compagnie de caisses empilées les unes sur les autres et d'une malle-cabine. Le lit matrimonial dans la chambre à coucher : un meuble fabriqué de mes propres mains en vissant de nouveaux pieds métalliques sur l'ancien châssis. Au pied du lit, une peau de mouton, étalée sur le plancher préfabriqué ; près de la fenêtre, une table garnie d'un miroir et de divers objets de toilette. Les ustensiles féminins et masculins n'ont pas de place attitrée, ils ne sont ni séparés ni confondus, juste entassés au petit bonheur entre les quatre cloisons communes. Dans la chambre d'enfants, les couleurs vives du mobilier bariolé font illusion, les jouets éparpillés font oublier le provisoire. Sur les cloisons couleur crème, pas le moindre ornement. Cet ameublement est le reflet d'une jeune entreprise familiale aux prises avec les difficultés initiales, disons, en cours de fragile stabilisation. Je me vois dans cet appartement, encore vêtu de ma tenue de voyageur. Un faux veuf, dans l'attente de sa famille, en train de découvrir tout étonné le cadre de son existence domestique.

Il fallait que je me décide enfin à prévenir le journal, il fallait que j'en termine avec cette corvée. J'appelai le rédacteur en chef et lui dis que j'étais de retour. J'avais été retenu par une série d'empêchements, n'avais pas envie d'en parler par téléphone. Quand pouvait-il m'accorder un entretien ? Nous convînmes d'un rendez-vous pour le lendemain. Il y avait peut-être dans la voix du rédacteur une pointe de curiosité, de sollicitude, mais pas la moindre trace de reproche, voire même d'irritation. Je ne comprenais pas. Avait-on déjà tracé un trait sur ma personne ?

Il me fallait trouver une explication plausible. Histoire de m'occuper, plutôt que dans un but précis, j'allai chercher du papier et la machine à écrire dans ma chambre de travail – évitant la table avec tout son fatras en souffrance. Je m'assis dans la salle de séjour devant la table du repas et introduisis une feuille dans la machine. Plus je contemplais la page blanche, moins je voyais d'explications. Je n'avais pas respecté mon contrat. Je m'étais consacré à mes propres affaires. J'avais fait la connaissance d'Antonita. Quelle était la raison véritable de mon manquement ? J'avais été en plongée. Basta.

Assis devant la longue table ovale, inconfortablement, car la hauteur de la chaise ne cadrait pas vraiment avec celle de la table, n'avait pas été conçue pour un travail d'écriture, assis, disais-je, et me creusant la tête pour trouver une entrée en matière, je me sentis soudain submergé par une insondable tristesse. La table me faisait pitié dans sa solitude tarabiscotée, le mobilier tout entier me faisait pitié. Sans oublier ma femme qui peut-être en ce moment même emballait les vêtements et les jouets des enfants dans la grande malle tout en s'efforçant d'être patiente avec les petits, en tout cas, de ne pas les rabrouer lorsqu'ils voulaient ressortir un jouet, un tricot, peu importe, qu'elle venait juste de fourrer dans la malle, alors que déjà ils s'apprêtaient à protester en hurlant et en sanglotant. L'image de ses mains posées sur la Fibranne élimée de notre unique malle me faisait pitié. Elle me faisait pitié parce qu'elle s'acharnait avec des gestes de bête traquée contre la malle et la malle à son tour me faisait pitié parce qu'elle résistait de tous ses bouts élimés et qu'on allait lui sauter à la gorge et la jeter au rancart. Toutes ces choses n'avaient rien à voir entre elles et se trouvaient néanmoins réunies par le sort. Il en allait de même pour moi et pour la table, pour l'appartement et pour la famille et pour elle, et moi et l'appartement.

J'aurais souhaité me retrouver dans le train, ne pas avoir de but. Me contenter de rouler, parvenir à force de rouler à m'effacer, à me laisser écarteler dans le ferraillement des roues sur les rails, dans les minutes scandées par le ferraillement, à me confondre avec le roulement du train, à faire corps avec ce processus d'autodestruction du temps, corps avec la corrosion et la consomption, la succion et le tintamarre. Me fondre dans son silence intérieur.

Tous ces gestes prodigués en vain, me disais-je. Et je me mis à songer au voyage. "Le voyage en tant que remède", notai-je sur ma feuille blanche et je continuai d'écrire jusqu'au milieu de la nuit, sans me relire, poussé par le seul désir de retrouver cet état que j'avais connu durant mon voyage, cet état où l'on peut tout perdre et gagner sans pour autant rien posséder, cet état indéfinissable – être immergé pour enfin exister.

Lorsque j'eus achevé d'écrire, toujours assis à la même place, je me retrouvai soudain perdu dans un étrange état de perméabilité.

Ce n'étaient pas tellement des pensées, c'étaient plutôt des images qui me traversaient en tous sens, qui me visitaient.

Je me voyais – petit écolier – rôdant autour de la maison voisine. De grand matin. Les rues toujours désertes, les ménagères encore à la maison, l'air chargé d'arômes, pur. Dans les jardins, derrière la maison, l'ombre hostile de la nuit s'attarde sur les gazons. Le soleil ne va pas tarder à la dissiper. Tout l'environnement : promesse d'un jour nouveau, jour encore vierge, immaculé. Les maisons comme blanchies dans la clarté. Renifler ces réserves intactes de temps, les chères plates-bandes, le trottoir… L'attente à longueur de rue : inspirer.

Attendre. La venue d'Inès. Elle vient de la maison d'à côté, au jardin garni de haies vives et au clair escalier. Les marches sont recouvertes de moquette. Ses pieds s'enfoncent dans l'étoffe moelleuse – mais peut-être prend-elle l'ascenseur qui descend en planant sans bruit et l'emporte dans sa cabine. Elle s'approche à pas lents, une silhouette de jeune fille, époustouflante dans sa hardiesse, son charme. Elle vient vers moi de sa démarche inimitable, enveloppée de son aura personnelle.

Je les vois tous deux, plantés là sur le trottoir. Une fille aux cheveux noirs, pâle, coups d'œil rapides vers le haut et le bas de la rue ; blasée ? Et le jeune garçon qui ne sait trop que faire de l'exaucement incarné de sa prière. Elle a une voix très douce, presque inaudible. Sa pâleur contraste de façon troublante avec les yeux sombres et la chevelure. Comme de la poudre et de l'encre, comme du velours et de la poussière. Comme le masque d'une guêpe. Ils se tiennent côte à côte, soucieux de feindre l'indifférence. Puis ils flânent et s'enfoncent ensemble dans cette journée pléthorique, riche de toutes les promesses.

Marcher l'un à côté de l'autre. Sentir la distance, l'impuissance, la paralysie, et ce trouble qui vous cingle le visage. Puis, des intermèdes pleins d'apathie et tout recommence à nouveau. La rue, les arbres, l'orée d'une forêt, un champ avec des jardinets ouvriers, une gare de triage, deux chiens en train de se battre, une cabine téléphonique, une cargaison de troncs d'arbres à l'arrière d'un tracteur prennent part à la promenade féerique.

Je les vois tous deux plantés devant la maison d'Inès. C'est le soir. Ils devraient être rentrés depuis longtemps. Ils font durer la journée.

Elle se tient juchée sur les marches du perron. "Est-ce que tu m'aimes ?" dit le garçon à la fille, qui l'aime en fait depuis longtemps. Il fallait qu'elle y réfléchisse, dit-elle.

D'un seul coup, les objets ont perdu tout leur éclat, leur attrait. Plus d'esprit, d'esprit vital nulle part. Plus d'espérance. Il rebrousse chemin et s'en va. Il ne songe plus qu'à *prendre la fuite.*

S'en revient-on toujours sur le lieu des origines, vers cet endroit où je ne sais quoi gargouille et se tait, où votre pouls a battu pour la première fois ? Le coup au cœur ?

Je voyais le jeune garçon. Que lui était-il donc arrivé ? Pas grand-chose. Un malentendu tout compte fait. N'empêche qu'un seul mot avait tout détruit. Il s'en allait à présent, chargé de son chagrin démesuré à travers un paysage indifférent, un pays devenu prosaïque et ordinaire : chassé – d'un monde illuminé.

J'imaginais Antonita assise au comptoir – durant la période qui avait suivi mon départ. Comme une pierre, avait dit le barman. Il essaie de la raisonner, il dit : "Pourquoi tu t'en fais ? Tiens, bois ça. Et oublie-le", dit-il, lui qui à la maison, chez lui, est si grincheux, malveillant, envieux, lorsque, vêtu de son tricot de corps, il regarde en bâillant par la fenêtre... Un tout autre homme en tout cas que "le barman". Un homme d'un certain âge, de taille vigoureuse, célibataire. Seul. Le fils d'une mère qui l'adule ou le rabaisse, bref le tient par la main et se refuse à le lâcher ? Et je voyais le serveur avec sa motocyclette, en train de poser devant le photographe, ou sa fiancée, qui sait ? la jeune fille presse le Kodak contre son visage. Il s'accroche à la moto, s'y agrippe. Tiens bon, camarade.

Antonita. Sa bouche aux dents étincelantes au milieu de la revue des danseuses, tandis qu'elle exhibe ses belles jambes et chante avec les autres filles. *Escuadron del amor*, chantent-elles et dansent-elles en chœur. Son visage buté et son visage heureux, incarnat, sous le foulard. L'étranglement imperceptible de sa voix, comme l'écho d'un sanglot. Ne pleure pas, dit le barman, penché au-dessus du comptoir. *Un pain, un foulard, des larmes*, répète le ferraillement des roues sur les rails jusqu'à ce qu'elles aient tout réduit en poussière.

Je me voyais arrivant à Barcelone. Pour commencer, poser le pied dans la ville. Une ville en état de siège, torride et déserte. Semblables à des piques et à des potences, les réverbères se dressent au-dessus des

abysses pierreux. Tout ce qui vit, claque-
muré, fenêtres et portes barricadées. Les
rues hostiles. Le temps s'est arrêté. Je me
voyais arrivant et plongeant dans l'ombre.
C'est un autre qui marche à ma place. Cet
homme n'a guère de bagages, juste ce qu'il
porte sur le corps. Ni papiers d'identité, ni
souvenirs, ni peur. Arrivé avec la certitude
d'être retourné dans l'arène –

Comme il me l'avait suggéré, j'avais pris
rendez-vous avec le rédacteur en chef dans
un café et non au journal, ce lieu m'avait
paru augurer favorablement de ses disposi-
tions à mon égard.

Il y avait longtemps, commença-t-il de
but en blanc, qu'il avait remarqué combien
le travail me pesait. Ma longue absence
inexpliquée l'avait incité à conclure que
j'avais déserté. Il connaissait ce genre de
situation dans la vie et ne m'en voulait pas
quant à lui, si c'était effectivement le cas.

Il avait parfaitement deviné, dis-je. Je
n'avais certes pas prémédité de profiter de
ma mission pour déserter. J'étais parti, il
s'en souvenait peut-être, à mon corps
défendant, disons sans enthousiasme. C'est
en cours de route que les circonstances
m'avaient amené non seulement à oublier
mon travail, mais à m'oublier moi-même de
la plus incroyable façon. Tout m'était devenu
indifférent. J'avais, c'est vrai, été à Barcelone,

mais, je l'avouais, non seulement je n'avais pas respecté les clauses de mon contrat, en vérité, je n'avais même pas essayé de les respecter. J'avais eu suffisamment de fil à retordre avec ma propre personne. Quoi qu'il en soit, je m'en étais bien rendu compte, le poste que j'occupais au journal n'était pas fait pour moi et je le priais en conséquence d'accepter ma démission. Quant à l'argent qu'on m'avait avancé pour mes frais, je le rembourserais d'une autre manière s'il en était d'accord. Mon intention était de travailler de façon indépendante. Peut-être écrirais-je un livre. Tout était encore dans le vague. Mais je sentais bien qu'il me fallait trouver une nouvelle voie.

Nous prîmes congé et c'est seulement sur le chemin de la maison, plus précisément peu avant d'entrer dans l'immeuble, que la pensée allégeante, sinon légère, d'être devenu un homme libre me submergea soudain.

Cette impression de soulagement, liée à la conscience d'avoir une nouvelle importante à révéler, m'aida à surmonter mon trac au moment d'entrer. J'étais au demeurant persuadé de trouver ma famille à la maison.

Je me vois entrer, un homme marié, son visage est celui d'un individu qui s'apprête à faire une surprise. "Tu es là", crie-t-il, la main encore posée sur la poignée de la porte. Il voit sa femme sortir de la chambre d'enfants, une jeune femme en pantalon, les cheveux châtains, embroussaillés, frisés, la silhouette à la fois gracile et capricieuse, une personne libérée. Dans l'embrasure, des vêtements d'enfants à la main, elle a l'air nouée, et de plus, surmenée, fatiguée. "Elle porte des pantalons", se dit-il, ému, car l'image des tâches ménagères cadre si mal avec sa nature. Ils s'embrassent machinalement.

"Veux-tu un café ?" demande la femme. Et dans la cuisine, tandis qu'elle fait chauffer l'eau et fourrage dans la vaisselle, il lance la nouvelle. Il venait de parler avec son chef, il avait présenté sa démission et, à présent, il était libre. "Libre – tu t'imagines."

Elle n'a pas l'air choquée.

Ils s'installent ensuite dans la salle de séjour ; un jeune couple en train de boire du café. Les enfants ne sont pas à la maison. Il n'est pas encore midi.

Les enfants, ces temps-ci, étaient affreusement turbulents hélas, très désobéissants. Chez son père, ils ne l'avaient pas laissée respirer une minute, dit la femme. Elle était heureuse d'être revenue à la maison. Et lui ?

Le voyage à Barcelone lui avait fait du bien, dit-il. Il y avait eu des moments là-bas où il avait perdu la tête, perdu le nord. C'est pour cette raison qu'il n'avait pas écrit. Il avait véritablement été "absent". Dorénavant, il allait s'efforcer de travailler pour son propre compte, comme journaliste ou autrement.

Ils sont assis et fument. Ils essaient tous deux d'ignorer le malaise qui pèse sur eux. Ce malaise est dû à tout ce qu'ils taisent, à ces mots ébauchés, puis laissés obstinément en blanc. Ils évitent de se regarder dans les yeux. Ils se réjouissent tous deux lorsqu'un vacarme dans l'escalier annonce la venue des enfants, sont soulagés de cette interruption. De ce répit.

Les enfants m'accaparèrent un bon moment. Ils se jetaient tous les deux sur moi, voulant raconter en même temps leurs aventures, se battant pour être le premier à parler. Les retrouvailles dégénérèrent bientôt en larmes, nécessitant un arbitrage. J'allai chercher le couteau recourbé pour le donner au garçon et lui expliquai le fonctionnement du mécanisme grâce auquel jaillit la lame. Je consolai la fille en lui disant que j'avais promis ce cadeau. Ce serait la prochaine fois son tour, j'essaierais de lui trouver quelque chose d'extraordinaire.

Nous passâmes ensuite à table. Mari et femme avec deux enfants. Une jeune famille. Les enfants vont déjà à l'école.

Ils sont assis autour de la longue table ovale dont le pied colossal s'évase et se ramifie dans le bas, assis dans l'encoignure des murs nus qui butent sans la moindre aspérité l'un contre l'autre. Les parents sont occupés à surveiller le repas des enfants ;

Ne faites pas de taches, ne vous disputez pas, ne pleurez pas.

Dans l'immeuble, les programmes de radio, le tintement des assiettes et le bruit des chaises que l'on déplace, les voix des adultes et des enfants proclament à tous vents qu'une seule et unique activité accapare simultanément tous les étages. Le calme s'installe ensuite, un bref moment. L'escalier se dilate dans le silence éructant de l'après-dessert, les portes ne vont pas tarder de toutes parts à accompagner de leur fond sonore le branle-bas général. Un sentiment d'enrégimentement gagne à travers l'épaisseur de tous les murs les individus, les familles assises autour de leur table. Les parents se jettent des regards de connivence. On s'expliquera plus tard, la journée une fois terminée, quand les enfants seront au lit. En attendant, c'est au tour des éviers, des chasses d'eau d'entrer en action à travers la maison.

Après le départ des enfants nous prîmes place autour de la table de verre. Un long moment, accablés, nous fumâmes sans un mot, séparés par la barrière oblongue de la table qui se mettait à tinter, à cliqueter, chaque fois que l'on ôtait une tasse, que l'on déplaçait le cendrier.

"Est-ce que tu as une autre femme dans ta vie ?" dit-elle en contemplant d'un œil papillotant la fumée de sa cigarette. J'avais en effet rencontré une fille, dis-je l'air malheureux, mais ne pouvais vraiment affirmer qu'il y avait une autre femme dans ma vie. Tout cela était lié à l'Espagne, c'était à moi-même et non à d'autres qu'il fallait s'en prendre.

Il n'y avait rien à ajouter, aussi ma femme se leva-t-elle et s'en fut porter la vaisselle à la cuisine.

Il me fallait m'occuper de la question financière. Je n'avais ma foi plus de revenus et en revanche une montagne impressionnante de factures impayées ; et de dettes. Je n'éprouvais pourtant aucune inquiétude, au contraire : mon sentiment de délivrance persistait, il se métamorphosait peu à peu en un besoin d'agir. Pour commencer, je mis un peu d'ordre dans ma chambre de travail, répartis en deux tas les ouvrages en chantier qui encombraient mon bureau – le premier destiné à la poubelle, l'autre à être conservé, je fourrai celui-ci en attendant dans un tiroir. Tout en fourgonnant dans la pièce exiguë, j'écoutais ce qui se passait dans la maison et derrière les fenêtres, dans les jardinets asphaltés, garnis chacun de maigres plates-bandes plus symboliques que pratiques. J'entendais : des enfants en train de jouer, les graves allées et venues du gardien, terreur de l'immeuble, le bruit intermittent des portes qui claquaient, les rumeurs venues de l'escalier, le remue-ménage devant les boîtes aux lettres et les casiers à lait, quelques bribes de voix féminines, le cri d'une mère hélant son enfant par la fenêtre. Cette cage d'escalier me paraissait être l'oreille aux aguets de l'immeuble, attendant l'occasion de moucharder et de rapporter, un organisme de surveillance, quelque chose d'obscène. Il me fallait trouver une chambre ailleurs.

Je frappai aux portes des rédactions de journaux en quête de collaborations éventuelles et, si possible, de travaux immédiats à rapporter à la maison. J'aurais bien été voir du côté des services postaux de la gare où j'avais travaillé comme étudiant – peu m'importait la tâche à accomplir, je voulais travailler : conquérir ma liberté en travaillant. Chemin faisant, je constatais en moi une indifférence inhabituelle envers les rues et les quartiers de la ville. Non point certes qu'ils eussent perdu cette grisaille nette et proprette que j'avais toujours considérée comme étant l'émanation de la mesquinerie et de la pusillanimité et où m'apparaissait désormais la grisaille des billets de banque et des espèces sonnantes, ce gris de fric aseptisé qui n'est autre que la peur de la vie – mais je voyais tout cela de l'œil indifférent du passant, du passager.

Afin de ne pas être pris dans les rédactions pour un sans-travail, je précisais que j'avais pris ma liberté en vue d'écrire un livre mais que je continuais accessoirement à faire des articles. La plupart du temps je ne récoltais guère que de vagues assurances au cours de mes entrevues. Seul un magazine, à la porte duquel j'avais frappé par hasard, étant tombé fortuitement sur l'adresse, accepta de me faire un contrat en bonne et due forme. J'étais chargé d'écrire une série d'articles sur "L'Animal dans l'art" et une suite de portraits consacrés aux éditeurs et aux maisons d'édition de la ville. Je pouvais, en outre, effectuer divers travaux rédactionnels en tant que pigiste.

En rentrant chez moi, j'achetai dans un kiosque des cartes postales de Zurich. J'en adressai une dans un café au serveur de Barcelone. J'écrivais combien je lui étais reconnaissant de son amicale assistance, de sa mission de sauvetage. Le couteau recourbé n'avait pas seulement plu à mon petit garçon, il lui avait fait grande impression.

A la maison, je ne tentais même plus de me mettre au travail. Je dis à ma femme qu'il me fallait trouver une chambre ailleurs ; dans l'appartement, avec les entrées et sorties des enfants, je n'arrivais pas à trouver le calme nécessaire.

Il y avait maintenant quelque chose d'étranger entre nous, le non-dit avait dressé une muraille. Nous nous parlions par-dessus ce mur, parfois avec méfiance. Lorsqu'il nous fallait discuter d'un problème pratique, nous prenions place autour de la table comme des partenaires commerciaux, voire des adversaires. Des êtres de glace.

Nous nous déplacions dans l'appartement comme si les meubles étaient devenus des obstacles ou des pièges. Ils étaient désormais des corps étrangers, ils nous barraient le chemin. Ils n'avaient pas eu le temps de se fondre en un ameublement de caractère définitif ; d'accéder à une existence autonome : ils étaient restés les simples témoins d'une entreprise que nous avions péniblement mise en route ensemble et ressemblaient à présent à des pierres de taille oubliées sur un chantier. A des orphelins.

Cette atmosphère étrangère qui s'était emparée de notre appartement ne pesait pas uniquement sur nous : les enfants, eux aussi, la ressentaient. Assis à table et silencieux, ils vidaient leur assiette avec une sagesse inhabituelle. Non, ils n'étaient pas sages – effarouchés.

Combien de fois aurais-je voulu prendre ma femme dans mes bras comme je l'avais toujours fait jusqu'alors lorsque entre nous un désaccord s'éternisait au point d'en devenir insupportable, mais par fierté nous nous obstinions chacun dans l'isolement auquel nous nous étions nous-mêmes condamnés. En temps normal, je cherchais longuement le mot susceptible de rompre le maléfice ; ou la formule qui me permît de faire une avance sans perdre la face ni me ridiculiser ; et tandis que je cherchais désespérément, elle était déjà dans mes bras et tout était oublié, terminé. Mais à présent, un signal d'alarme m'empêchait de céder, me glaçait, me paralysait chaque fois que j'étais sur le point de briser le mur qui nous séparait. Il était grand temps que je m'en aille.

Je dénichai une chambre en plein centre. Un de mes amis, décorateur, à qui j'avais demandé s'il connaissait des chambres pas trop chères à louer, m'avait proposé ce lieu. Il l'utilisait comme débarras, il y avait entreposé pour lors des archives que l'on pouvait aisément transporter ailleurs.

C'était une soupente minuscule, mais je n'aurais pu, n'aurais souhaité ni accepté de loger en un lieu plus confortable. La pointe d'ascèse et de mortification qui émanait de ma nouvelle demeure me convenait parfaitement.

Cette soupente avait toutes les caractéristiques d'un gîte provisoire. Dans un accès de générosité, mon nouveau propriétaire m'avait légué en plus une planche de menuisier posée sur deux tréteaux de bois. Je me procurai chez le brocanteur une chaise que je disposai par-devant et un lit. J'installai ma boîte aux lettres personnelle, flambant neuve à côté des autres et inscrivis mon nom dessus. J'avais dorénavant une adresse à moi.

A cause des enfants, au début, je revenais souvent, presque tous les jours, voir ce qui se passait à la maison. Papa avait beaucoup de travail et il ne fallait pas le déranger, c'est pour cela qu'il campait désormais dans son bureau – selon la version destinée aux enfants. De fait, je m'accrochais avec une discipline exemplaire à mon travail, sans doute essayais-je ainsi de justifier le motif invoqué pour mon départ, de ne pas leurrer les enfants. Je fis en outre l'acquisition d'un jeune chien. Ce chien pourrait, pourquoi pas ? me disais-je, faire office de messager, de lien, et d'agent de liaison entre les deux bivouacs familiaux désormais séparés. C'est avec une sorte de désespoir que les enfants s'attachèrent à ce chien venu du refuge municipal pour les animaux perdus.

Je trouvai un jour une carte postale de Barcelone dans ma boîte aux lettres, ma femme l'avait fait suivre. Le serveur écrivait que chez lui c'était le train-train ordinaire. Les jours se suivaient et se ressemblaient. Il songeait à mettre fin à cette routine en se mariant. Il se demandait souvent comment j'allais.

Ayant retrouvé cette carte un peu plus tard, je m'assis et écrivis
"Ma journée d'aujourd'hui"
sur une feuille blanche. Ma journée d'aujourd'hui, écrivis-je, était surtout ma journée *ici*, "cet ici est à présent une petite soupente dans l'une des ruelles situées près de la

Bahnhofstrasse. Au troisième étage. Heureusement qu'il y a, dans l'escalier, ces interrupteurs dont la lumière rougeâtre vous accorde une minute de répit lorsque vous appuyez dessus. Car cet escalier est étroit et sombre et il sent – l'odeur du marchand de fromages, juste à côté de l'entrée, et celle des plantureuses agapes des Italiens qui logent ici. Ceux-ci se réunissent silencieux comme des souris à l'heure des repas que deux femmes leur mitonnent. Et il y a aussi l'odeur de mon chien qui, actuellement, perd ses poils. L'odeur est particulièrement envahissante par temps de pluie. Une librairie spécialisée dans la littérature anglo-saxonne est située à proximité immédiate, grâce à cette boutique de libraire, la ruelle a un petit air de *Quartier latin* ou de *via delle botteghe oscure*. En face : une vieille brasserie renommée. De ma fenêtre, je plonge sur la cuisine, j'aperçois directement des casseroles, des mains, des bras poilus, des louches.

L'église Saint-Pierre est, elle aussi, toute proche. Lorsque retentissent ses cloches, c'est tout un cortège de sonnailles et de carillons qui se met en branle. Quand je suis nerveux, ou en panne d'inspiration, c'est gênant, car je ne puis m'empêcher d'écouter, fasciné, comme si je n'avais rien de mieux à faire que de compter les coups."

Je me sentais bien dans cette ruelle lorsque la pluie tombait, écrivis-je. J'adorais la pluie dans les villes, depuis toujours. La buée qui s'exhalait de l'asphalte traînait, se concentrait dans les défilés des rues. Et je me sentirais encore plus heureux si les Italiens réunis, si silencieux autour de leur repas, pouvaient prendre soudain des airs plus conspirateurs. Leur présence silencieuse dans l'immeuble avait quelque chose de pesant. "Mais peut-être était-ce tout simplement leur résignation qui me faisait honte, la place teintée de racisme qui leur était assignée."

La journée d'aujourd'hui était au fond interchangeable, comme disait le serveur. N'empêche que la matinée avait toujours une signification particulière, qu'elle renfermait même pour moi une promesse. Ne serait-ce que le simple obscurcissement précédant la pluie, ou la manière dont un écolier s'embusque dans l'angle d'une boutique : "C'est ainsi que se pourfend le rideau de la monotonie." J'enveloppais soigneusement ce genre d'observations et les gardais pour la soirée, la nuit, écrivis-je. L'unique signe de laisser-aller dans mon nouveau gîte était, à la rigueur, l'habitude que j'avais prise d'utiliser désormais, en guise d'urinoir, la cuvette de la salle de bains déglinguée. Descendre l'escalier pour me rendre dans l'unique W.-C. de l'immeuble ne me tentait guère en effet, vu la nuée d'odeurs évoquées plus haut, dans laquelle il m'aurait fallu plonger.

"Quel jour sommes-nous aujourd'hui ?" La journée était-elle vraiment *ma* journée ? me demandai-je.

"Non, j'en ai été uniquement la création, le grain, la paille, la balle." Ma journée ne sera que demain *ma* journée, lorsque je l'aurai remémorée dans un autre gîte, une autre cabane, tanière. Lorsqu'elle m'aura retrouvé. Alors peut-être, je ne sais quoi se mettra à remuer au fond de moi, en liaison avec cette journée d'aujourd'hui qui appartiendra depuis longtemps au passé. Et à ce soubresaut, je sentirai que je suis encore là et que je vis. Mais le jour même, j'étais comme le jeune homme du conte "qui enfilait ses bottes et s'en allait de par le monde afin d'apprendre la peur".

Je m'en allais il est vrai dans l'espoir de découvrir une petite lumière dans l'obscurité de la ronde des jours ; afin que le jour enfin se fît en moi. Mais tous les jours étaient enténébrés comme par des essaims de frelons ou de sauterelles. Et, muni de ma petite provision d'espérance, je partais finalement avec pour toute perspective celle d'apprendre la peur.

C'est pour cette raison que j'aurais été si heureux de voir se relaxer, se rassasier les Italiens moins doucement, moins docilement. "De les découvrir, attablés là en bas comme dans une cellule de résistance, réveillés en diable et intraitables."

Ma journée était une non-journée, une journée journalière et par là même dénuée d'intérêt pour moi comme pour lui, conclus-je.

Ces notes n'étaient sûrement pas utilisables pour un échange épistolaire, mais ces préoccupations, ni impératives, ni nécessaires, étaient réconfortantes. Je me mettais soudain à aimer cette chambre dont le seul contenu était ce que je réussissais une heure durant à raturer et à recréer. Cette chambre me faisait penser à une grande valise confortable et prête à me servir de son mieux. Je savais fort bien que jamais plus je ne reviendrais dans l'appartement, que je m'étais déchargé de ce fardeau sur les épaules de ma femme. Je songeais à nos pauvres frusques qui pendillaient dorénavant sur son corps. Elle n'était pas capable, elle, de tout envoyer comme ça par-dessus bord. Cela lui restait collé à la peau avec tout le contenu de souvenirs de la vie à deux ou à quatre.

Lorsque je songeais ainsi, je me sentais paralysé par le chagrin. Je la voyais devant moi, emmurée et prisonnière de cet héritage désormais privé de sa signification.

"Un homme qui divorce devient un homme seul. Une femme divorcée est une femme répudiée", disait je ne sais plus qui. Plût au ciel qu'elle n'allât pas, dans sa suspicion, tremper rétrospectivement tout ce qui avait été entre nous dans le poison de l'amertume ; tout dénaturer.

Dans l'espoir d'échapper au chagrin qui me paralysait, je me lançais aveuglément dans les travaux que l'on me commandait, souvent je persévérais jusqu'à l'heure où l'aube blanchissait derrière la fenêtre et où le pas des ouvriers matinaux tirait les venelles de leur sommeil. Je sortais alors dans les rues avec mon chien et me mêlais aux armées spectrales des ouvriers et des employés en marche ou assiégeant les arrêts du tramway.

Je m'efforçais, quand j'étais seul, de chasser de mes pensées le mot divorce qui nous échappait parfois au cours de nos pauvres conversations. Je n'osais pas même imaginer le caractère définitif, la solution finale que ce mot évoquait.

La suggestion vint de ma femme. Elle avait pris un avocat et était décidée à engager une procédure de divorce, me fit-elle savoir. Il fallait pour cela que nous allions consulter l'avocat ensemble. Nous prîmes rendez-vous devant son cabinet.

Je revois notre rencontre devant l'étude. Un jeune couple qui se sépare. Les conjoints viennent de directions opposées. Ils ne se sont pas revus depuis longtemps.

Ils se saluent rapidement, avec une certaine gêne, montent ensemble dans l'ascenseur. Une dame, à l'arrivée, les prend en charge et les accompagne dans une salle d'attente. Cette antichambre est meublée avec goût, canapé, sièges rembourrés, tableaux ; un guéridon garni de lectures, revues et même de quelques livres. Plantes vertes.

Ils échangent des propos sur le style des salles d'attente. Les plantes. – s'aperçoivent en même temps qu'ils parlent à voix basse. Cette découverte les fait rire. Puis ils se taisent.

Je nous vois assis côte à côte devant le bureau. Ce bureau est gigantesque et garni en tout et pour tout d'un agenda ; l'avocat, derrière ce bureau, élégant et soigné, lunettes, stylo à la main, est tout oreilles.

Les deux conjoints répondent chacun d'une voix neutre à ses questions. Avec franchise, sans reproches cependant ni accusations réciproques. Ils parlent comme s'ils n'étaient pas venus chez l'avocat en qualité d'adversaires, mais d'alliés. Face à cette tierce personne, le mur qui les avait séparés a disparu, et ils ont cessé d'être des étrangers.

Ils s'efforcent de donner le maximum d'informations. Une intimité, presque comme au temps jadis.

Il ferait valoir la désunion, dit l'avocat pour conclure. Il leur demande de formuler par écrit l'enchaînement des faits ayant abouti à leur mésentente définitive et de lui remettre ce document.

Ils approuvent tout. Prennent connaissance des explications de l'avocat concernant le moratoire, la procédure de conciliation, la pension alimentaire, comme s'il s'agissait d'ordonnances prescrites par un médecin. Ils ont pour la première fois un avocat tous les deux, le même avocat. Ils sont soulagés, plus encore : conjurés.

Il avait connu des cas autrement compliqués, marmonne l'avocat sur le seuil, tandis qu'il prend congé de ses clients.

Je nous vois face à la loi. Face au juge. Dans une salle d'audience du tribunal d'instance. C'est le matin. La salle d'audience est bien trop vaste pour les rares personnes présentes. Une salle.

Au premier plan à gauche, la jeune femme en costume tailleur. A ses côtés, l'avocat. Tout à fait à droite, le conjoint. Le fond de la salle est vide.

L'avocat retrace les péripéties de leur vie conjugale, les tenants et les aboutissants de leur désunion. Il le fait tantôt en termes neutres, incolores, ou, au contraire, avec des accents grandiloquents. De temps à autre, il compulse ses papiers, cite un passage. Ce sont des citations extraites des notes de ses clients.

Dans la plaidoirie de l'avocat, il est question de dérèglements, de désavantages, d'adultère, d'incompréhension, de suspicion, de défiance, de surmenage. Et d'amour. De concorde, d'arrangements à l'amiable, de conciliation, de raison.

Les époux séparés par une rangée vide ont l'air blêmes et résignés. Il fait très clair dans la salle d'audience. Le juge a l'air de s'ennuyer. A une ou deux reprises, son visage exprime une lueur d'intérêt, puis il pose une question.

Les attendus, les circonstances, tels que la bouche de l'avocat les porte au visage du juge, sont une affaire entre juristes. Les plaideurs ne s'y reconnaissent pas. Ils savent uniquement qu'on est en train de débattre de leur histoire – de la brader. Le divorce une fois prononcé, dans les couloirs du tribunal, ils s'accrochent tous les deux à l'avocat. Ils lui demandent s'il n'a pas envie d'aller boire un café avec eux.

Je nous vois dans un café, tout près du tribunal, attablés autour d'un guéridon. Le café est plein à craquer. Un monde fou à toutes les tables, la fille de service a du mal à se faufiler à travers la cohue avec son plateau. Le percolateur fume et halète. Sur la table, il y a une corbeille garnie de croissants. Ceux-ci ont l'air malades, flasques et ramollis comme s'ils avaient la fièvre.

L'avocat pose au divorcé une question sur sa profession. Il lui arrivait de lire des articles de lui dans le journal. L'intéressé répond distraitement. Son attention est soudain détournée. Ce n'est pas un incident, c'est plutôt le silence à côté de lui. Il voit sa femme assise là toute transie. Elle pleure silencieusement, se lève et quitte le bistrot sans un mot d'adieu.

Ça ne s'était pas passé comme l'avait présenté l'avocat. Notre histoire avait débuté au bord d'une rivière et s'était achevée dans un immeuble de location. A présent, nous avions déclaré que cette histoire était terminée et nous nous en étions débarrassés.

Je me disais parfois que j'aurais mieux fait de ne jamais réapparaître à la surface. Me disais, pour commencer, n'aurais pas dû reprendre mon passeport à LA BUENA SOMBRA. Disparaître complètement, voilà ce que j'aurais dû faire. Rester ensemble ?

Antonita n'avait évoqué qu'une seule fois l'éventualité de rester ensemble, tout à la fin, peu avant mon départ. Ne pourrais-je pas prolonger mon séjour, à présent qu'elle s'était libérée ; et – plus bas, presque comme si elle se parlait à elle-même – ne voulais-je pas rester pour de bon ? avait-elle demandé.

Il me fallait rentrer, avais-je répondu. Le journal ; et la famille. J'avais incidemment fait allusion à l'existence de ma famille : elle ne m'avait jamais posé de questions à ce sujet et je n'avais jamais, quant à moi, cherché à lui raconter des histoires. Mais il fallait que je le lui dise et qu'elle l'entende.

Nous nous trouvions par hasard à proximité d'un fiacre à l'arrêt, l'un de ces véhicules désuets destinés aux touristes. Le cheval était occupé à mastiquer son picotin.

"Prenons le fiacre", fut la réponse d'Antonita.

Elle pria le cocher bien qu'il ne plût pas de baisser la capote.

La dernière fois que j'avais pris ce genre d'équipage, c'était, enfant, lors des funérailles de mon père, là aussi, la capote était rabattue et c'était un étranger qui en avait donné l'ordre. Ma sœur était assise avec moi dans l'habitacle exigu. Je regrettais qu'au lieu de ma sœur, Inès ne fût pas assise à mes côtés.

Je nous vois assis dans l'obscurité du fiacre. Un couple, la main dans la main. Le cocher s'enquiert du parcours. "Allez n'importe où – contentez-vous de rouler", dit Antonita.

Ils sont assis sous la capote bombée, protectrice, enfoncés dans les coussins de cuir élimé. Le véhicule haut perché ballotte sur ses essieux en les projetant tout près l'un de l'autre. Le mouvement rythmique du cheval qui trotte, marche au pas, puis trotte à nouveau. Le parfum du cuir, l'odeur de moisissure et son parfum à elle. Il l'enlace, pose sa joue sur la sienne, tandis qu'ils roulent.

Lorsque nous descendîmes après le long périple, périple aveugle à travers la ville, que nous eûmes repris pied sur le sol de pierre, rémunéré le cocher, j'aurais souhaité me rendre directement à la gare. Tout seul. Mais Antonita insista pour m'accompagner. J'étais alors persuadé que j'allais téléphoner, écrire, dès mon arrivée à Zurich ; et revenir sans tarder. Mais je ne fis ni l'un ni l'autre.

A présent, j'éprouvais souvent la tentation d'aller à la poste et de demander une communication avec l'étranger – à présent que j'étais libre et seul. Mais je n'en faisais rien, restais dans ma chambre, et me concentrais sur mon travail.

J'avais entre-temps assez de commandes pour subvenir au nécessaire et aux besoins des enfants. Mais je n'avais pas renoncé à ma hantise, à savoir qu'il me fallait *conquérir ma liberté par le travail*.

J'avais pris l'habitude de tenir le journal intime de mes nuits. J'y récapitulais ce qui m'était passé par la tête au cours de mes travaux d'approche. Il s'agissait de préserver ces idées, observations, souvenirs et de les sauvegarder pour plus tard. La nuit, lorsque j'étais enfin prêt à me consacrer à mes notes, j'avais le sentiment réconfortant de n'être plus hors de moi, mais vraiment chez moi – mieux encore : d'être en chemin. Plus tard, arpentant avec mon chien les rues en clair-obscur des ouvriers matinaux, j'éprouvais une fatigue béate.

On me commanda un jour un travail à faire dans une autre ville. Durant l'aller, je me consacrai dans le train à la lecture, à la préparation. Durant le retour, je ressentis pour la première fois la sensation d'être en voyage. Mais les fenêtres n'avaient rien d'autre à offrir que les paysages trop connus. Aussi, j'évitai de regarder au-dehors, fermai les yeux, m'endormis. Lorsque je m'éveillai, d'autres voyageurs avaient pris la place des premiers. J'étais assis à présent en face d'un couple âgé.

Je me vois, dans ce train, assis sur la banquette de bois. Un homme sans bagages mais muni d'un porte-documents. Il vient de s'éveiller, se sait observé de tout près dans son sommeil.

En face de lui est assis un homme d'un certain âge, un cigare à la bouche, correctement vêtu, le visage chiffonné, bleu par le rasoir. L'homme doit se sentir mal à l'aise, peut-être cela tient-il au fait qu'il n'est pas habitué à porter ce complet. Il s'efforce, semble-t-il, de regarder ailleurs – et par la fenêtre. Lorsque à l'extérieur surgissent des chantiers, un silo, des ballastières encombrées de machines, que sais-je encore ? un soupçon d'intérêt se lit sur son visage. Ses mains sont posées sur les genoux, les doigts étrangement entrelacés.

Ce sont des mains aux doigts grossiers, calleux, avec des ongles épais et racornis que l'on dirait taillés avec des tenailles. Il laisse reposer ces mains rustres à la peau desséchée, aux crevasses rougeâtres, sur les jambes de son pantalon comme s'il s'agissait d'outils qu'il eût emportés par mégarde. Il fixe l'horizon, son cigare à présent fort raccourci entre les dents et les lèvres retroussées. Ses yeux sont vitreux et semblent vides de toute pensée.

La femme à côté de lui regarde droit devant elle avec de petits yeux inquiets, dans sa robe à pois dont on devine qu'elle occupe chez elle une place immuable dans une armoire, qu'elle a son portemanteau attitré, qui sait ? une housse spécialement prévue pour elle, et cela depuis des années. A un moment, la femme frôle de ses mains le pantalon de l'homme pour en ôter la cendre. Je me vois assis en face des deux vieux. Un voyageur qui prend garde de se laisser surprendre à observer ses vis-à-vis. Lorsque par hasard il regarde par la fenêtre, il sent les yeux de la femme qui effleurent furtivement, voire craintivement, son visage.

Il remarque à présent le jeune couple assis en face, un peu plus loin, de l'autre côté du couloir central. Il voit tout d'abord la jupe qui remonte au-dessus des genoux et dont les mains tiraillent en ce moment les plis. Ce sont des mains étonnamment fines et soignées aux longs ongles laqués. Ces mains et cette jambe appartiennent à une fille aux seins très hauts, vivants, sous l'étoffe légère. Elle glisse sa belle main sous le bras de son compagnon, le visage tourné vers la fenêtre. Le profil révèle des yeux légèrement globuleux au-dessus d'une bouche un peu boudeuse, aux lèvres charnues.

L'homme, en revanche, a un visage – "comme si on l'avait badigeonné en prenant au hasard tous les rogatons, les vieux rossignols du grand stock des visages", se dit l'observateur, en regardant le menton anguleux, fendu en son milieu, et les yeux trop rapprochés. Tant par son étoffe que par sa coupe, le complet fait penser à l'écho que rendent dans une boutique villageoise les extravagances vestimentaires d'une grande ville.

Durant tout le trajet, la fille tient l'homme par le bras, tout en laissant vagabonder hardiment ses yeux à droite et à gauche, en balançant sa jambe croisée et en babillant par intermittence, sans la moindre gêne : des pieds à la tête, une épouse sûre de son pouvoir. L'époux, ami ou fiancé, reste impassible. A une gare quelconque, le couple d'un certain âge descend. Ils se lèvent tous les deux ensemble sans s'être concertés. L'homme marche en tête avec précaution, il quitte le wagon et la femme suit en silence.

Je me rendormis. Lorsque je m'éveillai, l'autre couple avait, lui aussi, disparu. Je me dis qu'elle était très jolie et lui, fort laid, et qu'elle s'était comportée comme si elle ne voulait pour rien au monde le lâcher.

Je me sentais morose, pas vraiment grognon, mais morose. Histoire d'oublier ce sinistre voyage en chemin de fer, j'essayai par la pensée de me retransporter dans cet autre train qui filait avec moi à travers la France nocturne avec tous les dormeurs et veilleurs dans le couloir et les compartiments plongés dans la pénombre. *Un pain, un foulard, des larmes*, répétait le ferraillement des roues sur les rails et ce bruit résonnait comme une promesse.

J'essayai de me remettre dans la peau de cet autre homme, arrivant pour la première fois à Barcelone, de me remémorer l'instant de son entrée à LA BUENA SOMBRA. Etait-ce parce que la brièveté du parcours faisait obstacle à l'apparition de l'état d'esprit approprié, était-ce la faute des nombreuses interruptions dues aux arrêts du train à toutes les gares, à la montée et à la descente des voyageurs ? – Bref j'échouai dans mon entreprise.

Où était-il passé ce temps encore si proche où je vivais dans mon scaphandre, dans mon poumon d'acier, gravement malade, c'est possible, isolé certes, inconscient peut-être, mais dilaté de part en part par le souffle auquel j'étais relié ?

L'heure était avancée lorsque j'arrivai à Zurich. Les bars avaient fermé leur porte ou s'apprêtaient à le faire. Aussi me rendis-je tout droit dans ma chambre.

"Toutes ces femmes qui passent en glissant comme les fenêtres d'un train rapide sans fin. Et toutes ces occasions de monter et de descendre en marche…" écrivis-je en pensée au serveur. Cette phrase, ajoutai-je, sous-entendait que j'étais seul. Je l'étais en effet, mais pas malheureux pour autant. J'étais rentré chez moi et, selon toute probabilité, je n'allais pas tarder à me plonger dans un travail personnel, écrivis-je, pour conclure.

Domaine scandinave

Øystein Wingaard Wolf
LA MORT DE DODI ASHER

Domaine russe

Nina Berberova
L'ACCOMPAGNATRICE
LE LAQUAIS ET LA PUTAIN
ASTACHEV A PARIS
LE ROSEAU RÉVOLTÉ
LA RÉSURRECTION DE MOZART
LA MAL NOIR
DE CAPE ET DE LARMES
ROQUENVAL

Ivan Chmeliov
GARÇON !

Vsevolod Garchine
LA FLEUR ROUGE

Iossif Guerassimov
ON FRAPPE A LA PORTE

Anatoli Gygouline
LES PIERRES NOIRES

Vladimir Makanine
LE PRÉCURSEUR

Youri Miloslavski
ROMANCES DE VILLE

Viatcheslav Pietsoukh
LA NOUVELLE PHILOSOPHIE MOSCOVITE

Victoria Tokareva
RIEN DE SPÉCIAL

Tatiana Tolstoï
SOMNAMBULE DANS LE BROUILLARD

Konstantin Vaguinov
LE CHANT DU BOUC

Julia Voznesenskaya
LE DÉCAMÉRON DES FEMMES

Domaine polonais

Kornel Filipowicz
LA BELLE VIE DE NATHAN RUFF et autres récits

Wladyslaw Grzedzielski
LE CAVALIER POLONAIS

Marian Pankowski
LES PÈLERINS D'UTÉRIE
LE GARS DE LVOV
LE THÉ AU CITRON et autres nouvelles
LE RETOUR DES CHAUVES-SOURIS BLANCHES

Adolf Rudnicki
DES GRENIERS ET DES CAVES

Domaine néerlandais

Hugo Claus
HONTE

Hella S. Haasse
UN GOÛT D'AMANDES AMÈRES
LE LAC NOIR

Maarten 't Hart
L'ÉCHELLE DE JACOB

Ivo Michiels
FEMME ENTRE CHIEN ET LOUP
LES FEMMES DE L'ARCHANGE
(Journal brut - Livre I)
LE LIVRE DES RELATIONS SPIRITUELLES
(Journal brut - Livre II)

Harry Mulisch
DEUX FEMMES
LE PUPILLE

Cees Nooteboom
MOKUSEI !
LE CHANT DE L'ÊTRE ET DU PARAÎTRE

Monika van Paemel
LES PÈRES MAUDITS

OUVRAGE RÉALISÉ
PAR LES ATELIERS GRAPHIQUES ACTES SUD
PHOTOCOMPOSITION : SOCIÉTÉ I.L.,
A AVIGNON.
REPRODUIT ET ACHEVÉ D'IMPRIMER
EN MARS 1991
PAR L'IMPRIMERIE FLOCH
A MAYENNE,
SUR PAPIER DES
PAPETERIES DE JEAND'HEURS.
POUR LE COMPTE DES ÉDITIONS
ACTES SUD
LE MÉJAN
13200 ARLES

DÉPÔT LÉGAL
1ᵉ ÉDITION : AVRIL 1991
Nº impr. : 30593
(Imprimé en France)